हिन्द पॉकेट बुक्स

महान चीनी दार्शनिक

लाओ त्सु

इला कुमार कवि,उपन्यासकार, अनुवादक, उपनिषदवेत्ता एवं विचारक हैं, जिनकी रचनाओं के मध्य पांच काव्य-संग्रह (1970-2014) और एक उपन्यास स्थित हैं। इन्होंने विश्व विख्यात जर्मन कवि रेनये मारिया रिल्के की कविताओं और चीनी दार्शनिक लाओ त्सु की सूक्तिओं का अंग्रेजी से हिंदी में अनुवाद किया है। इन्होंने छान्दोग्य उपनिषद की कहानियों का पुनर्लेखन भी किया है।

महान चीनी दार्शनिक

लाओ त्सु

जीवन-दर्शन एवं रचनाएं

हिन्दी रूपान्तरण

इला कुमार

हिन्द पॉकेट बुक्स

पेंगुइन रैंडम हाउस इम्प्रिंट

हिन्द पॉकेट बुक्स

यूएसए | कनाडा | यूके | आयरलैंड | ऑस्ट्रेलिया | सिंगापुर
न्यू ज़ीलैंड | भारत | दक्षिण अफ्रीका | चीन

हिन्द पॉकेट बुक्स, पेंगुइन रैंडम हाउस ग्रुप ऑफ़ कम्पनीज़ का हिस्सा है,
जिसका पता global.penguinrandomhouse.com पर मिलेगा

पेंगुइन रैंडम हाउस इंडिया प्रा. लि.,
चौथी मंजिल, कैपिटल टावर -1, एम जी रोड,
गुड़गांव 122 002, हरियाणा, भारत

पेंगुइन
रैंडम हाउस
इंडिया

प्रथम हिन्दी संस्करण हिन्द पॉकेट बुक्स द्वारा 2009 में प्रकाशित
यह हिन्दी संस्करण हिन्द पॉकेट बुक्स में पेंगुइन रैंडम हाउस द्वारा 2022 में प्रकाशित

10 9 8 7 6 5 4 3 2

इस पुस्तक में व्यक्त विचार लेखक के अपने हैं, जिनका यथासंभव तथ्यात्मक सत्यापन किया गया है, और इस संबंध में प्रकाशक एवं सहयोगी प्रकाशक किसी भी रूप में उत्तरदायी नहीं हैं।

ISBN 9789353492298

मुद्रकः रेप्रो इंडिया लिमिटेड

www.penguin.co.in

FSC www.fsc.org MIX Paper from responsible sources FSC® C047271

This is a legitimate digitally printed version of the book and therefore might not have certain extra finishing on the cover.

मृत्युंजय के लिए

अनुक्रम

आत्मकथ्य

ताओ तेह चिङ्ग की पंक्तियों से परिचित होना मेरे लिए किसी पूर्व परिचित से पुनः परिचित होने जैसा था, जिसके बारे में मेरी जानकारी अलग भाषा, अलग शब्दों में थी, लेकिन अंतर्गुंफित तत्व एक स्तर पर समान भावों के बीच स्थित थे अर्थात् यह पुनः परिचय कुछ-कुछ ऐसा था कि जिसे मैं पहले से जानती हूँ, उसी परिचित से मुझे नए ढंग की अपरिचितता के बीच मिलवाया जा रहा हो।

लाओ त्सु द्वारा संकलित ताओ तेह चिङ्ग से मैं कुछ इसी ढंग से मिली। वह 2005 के मार्च महीने का एक दिन था, जब पहली बार मैंने इस पुस्तक को देखा। वह दिन और दिनों की ही तरह उगा था, आगे बढ़ा था, लेकिन बाद के समय में वह दिन खास हो उठाता था। उस खास दिवस की खासियत तब पूरे तौर पर प्रकट हुई जब मैंने 'ताओ तेह चिङ्ग' नामक अद्भुत पुस्तक का अनुवाद बिना कारण के करना शुरू किया। दिन और तारीख तो मुझे याद नहीं लेकिन उस काल खंड को में बखूबी याद कर सकती हूँ। चार-पाँच दिनों के दिल्ली ट्रिप के बीच मैं उस दोपहर बड़े भाई के घर में थी। हर बार जब मैं उनके घर जाती, तो ऊपरी मंजिल पर स्थित लाइब्रेरी के कमरे में रैक पर रखी पुस्तकों की उपस्थिति मेरे मन में सुन्दर बिम्बों की रचना किया करती। हर बार की तरह भाई ने उस बार भी मुझे कुछ किताबें उपहार के तौर पर दीं। वे हमेशा मुझे पुस्तकें दिया करते, उनमें से कई पुस्तकें रख लेने के लिए हुआ करतीं, कई एक 'पढ़ने' के लिए और कुछ 'देखने' के लिए भी। जो पुस्तकें वे 'पढ़ने' के लिए देते, उन्हें कुछ दिनों बाद मैं वापस लौटा दिया करती और जो 'देखने' के लिए देते नियमानुसार उसे उलट-पुलट

कर देखने के बाद वापस आते वक्त, मैं वहीं उनके घर में छोड़कर आती।

किताबों के लेन-देन का यही नियम हम लोगों के बीच कई वर्षों से मौजूद था। लेकिन उस दिन न जाने मेरे सुनने में, उनके कहने में क्या विसंगति हुई कि उनके द्वारा 'देखने' के लिए दी गई पुस्तक 'ताओ तेह चिङ्ग' को मैंने पढ़ने के लिए दी गई पुस्तक समझा और यही 'समझ' कर उसे मैं साथ में नागपुर ले आई।

मैं अपने छोटे से न्यूक्लियर परिवार सहित अगले ही दिन वापसी की यात्रा पर थी। हम लोग राजधानी एक्सप्रेस से नागपुर लौटे। थर्ड ए.सी. के नौ नम्बर बर्थ पर हम चारों कस-फँस कर बैठे-मृत्युंजय, मेरी बेटियाँ नेहा, पाखी और मैं। आमतौर पर जब तक सेकेंड ए.सी. के लोअर बर्थ का आरामदायक सफर न हो, मैं यात्रा के बीच किसी पुस्तक को नहीं निकालती। वैसे भी पूरे परिवार के साथ की जा रही यात्राओं के बीच पढ़ना नहीं हो पाता है, क्योंकि एक न एक गपशप चलती ही रहती है। मैंने अंग्रेजी में अनुवादित लाओ त्से की पंक्तियों को पढ़ा। ताओ तेह चिङ्ग का पहला सूक्त ही मानो एकदम से मेरे मानस के करीब आ गया, उसमें निहित अदृश्य भाव ने अंगुलियों से मुझे अलग ढंग से छू लिया। उन पंक्तियों में निहित भाव पूर्णतः मेरे जाने हुए थे...

"...ताओ दैट कैन बी टोल्ड इज नाट द इंटरनल ताओ...अर्थात् ताओ जो है वह वर्णनातीत है, शब्दों के परे है।"...ताओ के बारे में यह पढ़ते हुए मेरे करीब अचानक शंकराचार्य द्वारा ब्रह्म के बारे में कहे गए संस्कृत के श्लोक आ कर खड़े हो गए..."गुणतीतोऽहमऽहमऽव्ययः!" और पूरे अनुवाद के दौरान 'ताओ तेह चिङ्ग' रूपी अद्भुत पुस्तक में 'ताओ' के गुणों को निरूपित करने वाला हर सूक्त मेरे मन में भारतीय वेदांत-दर्शन में वर्णित ब्रह्म को, आत्मा को, प्रतिबिम्बित करता रहा। बरसों पहले जब वेदांत से संबंधित पुस्तकों को मैंने पढ़ना शुरू किया था तो बार-बार ब्रह्म का, आत्मा का वर्णन कुछ इसी रूप में पढ़ने को मिलता कि ब्रह्म अनाकार है, अपरिमित आकार वाला है, सर्व-शक्तिमान

है, सर्व रचयिता है वगैरह, वगैरह। पूरे अनुवाद के दौरान मेरा आश्चर्य इस पुस्तक ताओ तेह चिङ्ग की पंक्तियों के संग आकाश छूती ऊँचाईयों पर जा जाकर चहुँओर फैलता रहा। मुझे याद आया कि वेदांत से संबंधित किताबों को पढ़ते हुए शुरू के समय में ब्रह्म के बारे में जानने के क्रम में वर्णित तथ्यों के प्रति कई शंकाएँ जगतीं, एक तरह का अविश्वास मन के अन्दर सहज रूप से उग पड़ता। लेकिन अनुवाद के दौरान चिङ्ग की पंक्तियों के बीच 'ताओ' के बारे में पढ़ते हुए कोई भी शंका करीब नहीं आ पाई। लगा जैसे लाओत्से का यह 'ताओ' अष्टावक्र का वह 'आत्म' ही तो है, योग वसिष्ठ का ब्रह्म ही तो है, मैं पूर्व परिचिति के बीच अलग-अलग तरह से 'ताओ' के विभिन्न आयामों से परिचित होती रही। 'ताओ' के बारे में पढ़ना मेरे लिए 'आत्मा' के बारे में पुनः जानने जैसा रहा। साथ ही भर्तृहरि के नीति शतक के कुछ अंशों से दुबारा परिचित होने जैसा लगता रहा। बीते समय में वर्षो से अष्टावक्र-संहिता, उपनिषद्, योगवसिष्ठ आदि में वर्णित तथ्यों कथ्यों के साथ रहते-रहते-जो एक अलग किस्म का डिस्पिलिन आ गया है, उसके अन्तर्गत मन, परोक्ष अनुभूतियों को नहीं नकारने वाली बात सीख गया है और 'ताओ' के बारे में जानने के क्रम में परोक्ष-अपरोक्ष अनुभूति से संबंधित कई प्रश्न स्वयं उठते रहे।

इसमें संदेह नहीं कि ताओ तेह चिङ्ग को पढ़ना और उसकी पंक्तियों का अनुवाद करना मेरे लिए एक अनुभव की तरह रहा।

कैसा अनुभव था वह? वास्तव में यह एक किस्म की आध्यात्मिकता से घिरे हुए वैचारिक अनुभव की तरह था, जहाँ से पूरी दुनियाँ ग्लोबल स्तर पर सच में से एक होती दीख पड़ती। मैंने महसूस किया कि ताओवाद की लहर जो सर्वप्रथम चीन से उठी थी, अभी के समय में वह पश्चिमी देशों तक जाती हुई दीख पड़ती है। लेकिन जब पूरी तरह से वह विचारधारा भारतवर्ष में भी फैल जाएगी, तब का समय कैसा होगा-यह विचारणीय तथ्य है। अभी के समय में कितने ही अनुवादकों के कार्यों के बिम्ब एक के बाद एक दीखते हैं। पश्चिमी देशों से अंग्रेजी

में छपी पुस्तक ताओ तेह चिङ्ग भारत के पाठकों तक पहुँची है और हिंदी में अनुवादित होती हुई पंक्तियां अभी तो अष्टावक्र संहिता के आत्मवर्णित श्लोकों, योगवशिष्ठ के ब्रह्म संबंधित सूक्तों, भर्तृहरि के नीति शतक की पंक्तियों एवं कबीर के दोहों के करीब मंडराती हुई दीख पड़ती हैं, लेकिन जब ताओ तेह चिङ्ग और भारतीय दर्शन की एकात्मकता बड़े ही औदार्यपूर्वक विश्वस्तर पर खिल उठेगी, उस समय पश्चिमी समाज इस अमूर्तवाद को कैसे स्वीकारेगा-इसके बारे में सोचती हूँ। मेरे जैसे पाठक-अनुवादक की कलम हर पंक्ति पर सोचपूर्ण मुद्रा में ठहर-ठहर कर आगे बढ़ती है। मेरी नजर में चीन से पश्चिमी देशों तक पसरा हुआ ताओवाद भारत के आत्मवाद के करीब आ खड़ा होता है और सहज ही भविष्य में झांकने पर यह महसूस होता है कि आगे के दशकों में चीन का ताओइज्म भारत के ब्रह्मवाद के संग घुल मिलकर नए धरातल पर अद्भुत कौंध बिखेरेगा।

ताओ तेह चिङ्ग का अनुवाद करना मेरे लिए मुश्किल तो नहीं, लेकिन प्ररेशानी भरा इस मतलब में जरूर रहा कि कई बार इसकी पंक्तियों में छिपे हुए जो भाव थे, वे मेरे मन के करीब डोलते रहते थे, लेकिन कलम की नोंक पर नहीं आ पाते थे।

मैं पूरी एकाग्रतापूर्वक शब्दों में निहित तत्वों को, पंक्तियों के बीच स्थित शब्दों के मतलब को जब पकड़ना चाहती, उस समय अंग्रेजी की ढाल बीच में आ खड़ी होती और ऐसे में सिर उठाकर डिक्शनरी के पन्नों पर से उन शब्दों के अर्थ को खोज निकालना बेहद दुश्वार लगता। लेकिन अनुवाद के दौरान बार-बार इन्हीं सीढ़ियों से गुजरना पड़ता।

कई बार ऐसी कठिन परिस्थितियों में मृत्युंजय (मेरे पति) डिक्शनरी देखकर अर्थ बता देते, इंटरनेट के द्वारा भावानुवाद खोज देते। 'स्काईप' पर अमेरिका से बात करती बड़ी बेटी नेहा भी कई शब्दों के अर्थ बताती। कॉलेज की अंतिम परीक्षा देकर घर आई मेरी छोटी बेटी पाखी शब्दों के अर्थ खोजने में मेरी सच्ची सहायक बनी। उस समय खंड में पूरे परिवार जनों का सहयोग मेरी ओर उन्मुख रहा।

अनुवाद का काम मेरे लिए कुछ ऐसा होता है, मानो उस समय में मैं किसी खास मोहग्रस्त समय-खंड के बीच के काल खंड में स्थित होऊँ। उस समय मेरा 'मैं' किसी और के 'स्व' द्वारा आवेष्ठित रहा करता है। मैं स्टडी-रूम में बैठूँ या ड्राइंग रूम में सामने लॉन में नंगे पैर टहलूँ या पिछवाड़े खड़े मोटे तनोंवाले वृक्षों की छाँह में, मेरे अरीब-करीब किन्हीं अनदेखी पंक्तियों के कथन के दबाव लगातार बने रहते हैं, मेरे द्वारा लिखी गई पंक्तियों के ऊपर किसी अन्य के द्वारा सम्प्रेषित भावों का समावेश रहता है।

अनुवाद के दौरान लाओ त्से द्वारा रचित पंक्तियों के अंदर स्थित भावों की घनी परतों के बीच मेरा मन घिरा हुआ रहा करता। परकाया प्रवेश वाली स्थिति से अनुवादक को गुजरना ही पड़ता है। शायद सभी अनुवादकों को इस किस्म के काल-खंड से गुजरना पड़ता है। पंक्तियों के बिम्ब जितनी ज्यादा गहराई से उभरते उतनी ही तुर्श डिमांड में अनुवादित सतरें डूब जाया करती हैं।

ताओ तेह चिङ्ग का अनुवाद मैं कभी करूँगी इस बारे में न तो मैंने कभी सोचा था, ना ही प्लान किया था। लेकिन यह अनुवाद कार्य मेरे लिए एक ऐसे कार्य की तरह आ उपस्थित हुआ, जिसे मुझे मानो करना ही था।

जैसे कि यह एक तयशुदा कार्य हो, जिसे मेरे जिम्मे किसी ने रख दिया हो। वे बारिश के बाद के हफ्ते थे, जब पूरी लगन के साथ मैंने लाओ त्से द्वारा बिम्बित पंक्तियों को हिन्दी में ढालना शुरू किया था, जेन के अंग्रेजी अनुवाद का हिन्दी अनुवाद। यह अनुवाद एक भारतीय कवि के रचनाक्रम की तरह था यानी कि बिना यह जाने कि इन पंक्तियों के पाठक कौन होंगे, यह छपेगा कहाँ, इस मेहनत भरे काम का कोई पारिश्रमिक भी मिलेगा या नहीं? ताओ तेह चिङ्ग के सूक्तों का अनुवाद मैंने बिना कुछ सोचे समझे बस शुरू कर दिया।

जैसा कि आज की भारतीय परिस्थितियों में एक गंभीर आत्म-सम्मानी रचनाकार के सृजन धर्म को बरसों से निभाती आ रही थी,* उसी तर्ज पर

---

* महीनों आठ-आठ घंटे स्टडी टेबल पर बिताना, पन्ने-दर-पन्ने लिखना, पांडुलिपि तैयार करना और प्रकाशक की दयापूर्ण भंगिमा के बीच उसे छपते हुए, बिकते हुए देखना बिना किसी रायल्टी या उत्साहवर्द्धक स्ट्रोक के।

मैंने अपने रचनाकर्मी होने के सिद्धान्तों के तहत ताओ तेह चिङ्ग की पंक्तियों को पूरी श्रद्धा के साथ हिन्दी में प्रतिबिम्बित किया। ये बिम्ब कब कहाँ, कैसे किस रूप में स्वयं को प्रतिबिम्बित करेंगे, किन पारदर्शी सतहों पर टिके मानस को अपनी कौंध से दमकाएँगे इस बारे में मैं अभी नहीं जानती। शायद भविष्य में कई ताओवादी भारतीय अध्यात्म दर्शन से जुड़ेंगे।

लोग अनेक तरह का रिसर्च वर्क करें, इतिहास की मदद से लाओत्से द्वारा तय किए गए मार्ग पर चलकर उसे मैप पर अंकित करने की चेष्टा करें... और भारतीय गणना पद्धति के आधार पर संवत्सर, चतुर्युगी और कल्प के बीच उस कालखंड को खोज निकालें । यह भी सम्भव है कि कई रिसर्च योगवशिष्ठ और ताओ तेह चिङ्ग की पंक्तियों में प्रतिबिम्बित समरूपता के संदर्भ में हों या फिर भर्तृहरि के नीतिशतक के सूक्तों का मिलान लाओत्से की पंक्तियों से करके संदर्भित एकरूपता को रेखांकित किया जाए, लेकिन अभी इस तरह तो सारा कुछ भविष्य की पर्तों के अन्दर घुला-मिला हुआ-सा है। एकदम अस्पष्ट । अभी तो ताओ तेह चिङ्ग की पंक्तियाँ भारतीय पाठकों से रूबरू होने की प्रतीक्षा में कुछ गुनती-सी प्रतीक्षित खड़ी प्रतीत होती हैं और उनके संग मेरी उत्सुकता भी।

इला कुमार

10.4.2009
नागपुर

भाग : 1

लाओ त्सु : परिचय एवं दर्शन

ताओ तेह् चिङ्ग एवं ताओवाद

यदि हम ग्लोबल दर्शन की बात समग्रता में करें, तो ताओ तेह चिङ्ग को चीनी दर्शन का मूल माना जा सकता है और निश्चित रूप से लाओ त्सु के द्वारा वर्णित पंक्तियों ने चीनी दर्शन की सभी शाखाओं को प्रभावित किया है, यथा-लीगलीज़्म को, निओ कन्फ्यूशियनिज़्म को एवं चीनी बुद्धिइज़्म को।

सर्वप्रथण ताओइज़्म के बारे में बात करने पर ताओवाद के बारे में विचार करने पर बात हमेशा लाओ जी (लाओ त्सु) पर जाकर ठहर जाती है। बल्कि हमें कहना चाहिए कि बात 'लाओ जी' से शुरू होती है अर्थात् लाओ त्सु से, उनके द्वारा वर्णित सूक्तों से।

विद्वानों की कई पीढ़ियों ने लाओ जी के प्रादुर्भाव काल के समय को सही ढंग से रेखांकित करने में दशकों का समय खर्च किया है।

लेकिन अभी के समय में यह कहा नहीं जा सकता कि ठीक-ठीक उस वर्ष की खोज की जा चुकी, जिसमें लाओ त्सु पैदा हुए। हाँ, उस समय खंड को जरूर साफ-साफ इंगित किया जा सकता है, जब लाओ त्सु की वाणी ने समाज पर गहरा प्रभाव डाला एवं वे संत के रूप में आविर्भावित माने गए।

'लाओ जी' के आदिकाल के संबंध में खोज करने के प्रयास में भाषावादी अध्ययन, शब्दकोश आदि लिखित प्रमाण के बल पर यह बिंबित होता है कि लाओ जी का काल ईसा पूर्व चौथी से छठी शताब्दी का है। उनके द्वारा रचे गए गद्यों की बुनावट के आधार पर यह काल ज़ुआङ्गजी (Zhuangzi) के पहले का तथा शीजिङ्ग के बाद का समय दीख पड़ता है अर्थात् ईसा पूर्व चौथी शताब्दी के अंत में उत्तरकाल या तीसरी शताब्दी का शुरूआती समय।

ऐसा माना जाता है कि लाओ जी बूढ़े ही पैदा हुए-तात्पर्य यह कि लोगों की स्मृति में वे जब प्रतिष्ठित हुए तो उनकी छवि एक बूढ़े व्यक्ति की छवि थी और उसी छवि में वे जनमानस के मन पर प्रतिबिंबित हुए अर्थात् बुढ़ापे के पहले का समय लोगों की याददाश्त में नहीं है।*

शायद इसीलिए कहा जाता है कि लाओ जी बूढ़े ही पैदा हुए। एक तरह से यह स्थूल जगत के प्रामाणिक सत्य की भाँति है, जहाँ व्यासदेव के युवा पुत्र शुकदेव जी की तरह महाज्ञानी कम लोग ही दीख पड़ते हैं। ज्यादातर देखा यह जाता है कि उम्र की परिपक्वता के संग-संग लगातार पठन-पाठन, चिंतन-मनन के बल पर ही व्यक्ति धीरे-धीरे ज्ञान के रास्ते पर चल पड़ता है और स्थूल शरीर उम्र के साथ बूढ़ापे के करीब जा पहुँचता है साथ ही मानस पूर्ण ज्ञान से प्रकाशित हो उठता है। लाओ त्सु नाम से जाने जानेवाले लाओ जी भी ऐसे ही ज्ञानी की पंक्ति में प्रतिष्ठित हैं और 'दाओजी' तथा 'ताई जी' आदि नामों के द्वारा भी याद किए जाते हैं। और उस संदर्भ में उनका मानना है कि ताओ तेह चिङ्ग में निहित पद्य समय-समय पर अनेक विचारकों द्वारा संकलित किए गए तथा लिखे गए हैं।

किंवदंतियों के आधार पर यह भी कहा जाता है कि लाओ जी बारह अवतारों के बाद तेरहवें अवतार के रूप में आए और 996 वर्ष तक जीवित रहे।

कुछ पश्चिमी विद्वानों के बीच लाओ जी के स्थूल अस्तित्व को लेकर कई बार सन्देह की सूई हिल उठती है, उनका मानना है कि लाओ जी जैसा कोई व्यक्ति वास्तविक धरातल पर था ही नहीं। हाँ ताओ-तेह-चिङ्ग रूपी महान् पुस्तक की उपस्थिति को वे विद्वान नकार नहीं पाते और उस

* पौराणिक संतों के संदर्भ में यह कथ्य (ज्ञानी व्यक्ति की बूढ़े व्यक्ति के रूप की छवि) एशिया के संबंध के एक सामान्य तथ्य की तरह है। यहाँ भारतीय ऋषियों-मुनियों की छवि भी हमेशा श्वेत लंबी दाढ़ी वाले महात्मा की स्मृति के रूप में ही जनमानस के बीच बनी रहती है चाहे वह आदि कवि वाल्मिकी हों, व्यासदेव हों, कबीर हों या फिर रामकृष्ण के गुरुदेव न्यांग्टा बाबा।

संदर्भ में उनका मानना है कि ताओ-तेह-चिङ्ग में निहित पद्य समय-समय पर अनेक विचारकों द्वारा संकलित किए गए तथा लिखे गए।**

पश्चिमी विद्वानों का यह संदेह नितांत उनका अपना है, उनके अपने इतिहास-खंड एवं विचार दर्शन से संबंधित है, अलग से इस संदेह का कोई खास आधार नहीं है कि लाओ जी जैसा व्यक्ति वास्तविक धरातल पर था ही नहीं। हाँ ताओ तेह चिङ्ग रूपी महान पुस्तक की उपस्थिति को वे विद्वान नकार नहीं पाते।

अगर चीनी विचारकों की बात करें तो उनका मानना है कि ताओ तेह चिङ्ग में संकलित कविताएँ सूक्त आदि मात्र एक के द्वारा यानी कि ताओ त्सु द्वारा लिखित हैं। वे कुछ विद्वानों के द्वारा आरोपित शक की बात को नकारते हैं कि ताओ तेह चिङ्ग की पंक्तियाँ अलग-अलग लेखकों द्वारा संकलित हैं।

वैसे इस 'नकार' एवं 'स्वीकार' की तह तक पुराने सूत्रों, इतिहास वर्णित तथ्यों की खोज करके एकसूत्रित करने के द्वारा भी पहुँचा जा सकता है। अभी के समय में कई ऐसी वैज्ञानिक विधियाँ मौजूद हैं, जिनके द्वारा हस्तलिखित प्रतिलिपियों के सही समय खंड का पता लगाया जा सकता है।

चीनी विद्वानों का मानना है कि यह असंभव-सी बात है कि पुरातन चीनी संस्कृति के विज्ञ इतिहासकार सीमा क्युआन द्वारा लिखित तथ्य झूठ हों या उसने कल्पना के द्वारा यह सब सच दिया हो या फिर उसने काल्पनिकता और यथार्थ का घालमेल कर दिया हो।

** यहाँ पर मैं माफी सहित स्वयं को यह इंगित करने से रोक नहीं सकती कि पश्चिमी विद्वानों के मन में पूर्व के एशिया के पुरातन इतिहास से संबंधित कथ्यों-तथ्यों को मिथक कहकर नकार देने की आदत है। उनका मस्तिष्क आँकड़ों के आधार पर जब पीछे की सदियों में लौटता है, तो एक खास समय के पीछे लौटना नहीं चाहता।

वे स्वयं के ऐतिहासिक आँकड़ों के पीछे के समय में स्थित सदियों तक लौटना नहीं चाहते, लौटने में स्वयं को सक्षम नहीं पाते।

शायद इसका कारण यह है कि यदि पुरातन इतिहास में स्थित तत्वों को स्वीकार कर लिया जाए, तो पश्चिमी समाज के स्वयं की जड़ों को शायद विचलन सहना पड़ेगा । उनकी सभ्यता (जो ज़्यादा पुरानी नहीं है) की जड़ पर कुठाराघात होने की संभावना प्रकट हो जाएगी। लेकिन हमें विश्वस्तर पर सोचने की आदत डालनी होगी। ग्लोबलाईज़ेशन के इस युग में संपूर्ण विश्व बंधुत्व की बात जब हम स्वीकारते हैं तो ऐसी छोटी-छोटी विचारधाराओं से ऊपर उठकर हमें संपूर्णता में निरपेक्षतापूर्वक तथ्यों को स्वीकारना होगा । इक्कीसवीं सदी में सच में एक किस्म के निरपेक्षतावादिता की पूरे विश्व को जरूरत है।

लाओ जी (लाओ त्सु) को चीनी इतिहासकार मिथ्याधर्मी पौराणिक कथा एवं किंवदंतियों के आधार पर अलौकिक महामानव नहीं मानते हैं। लाओ जी (लाओ त्सु) की याद ताओवादीगण 'दाओ स्कूल के संस्थापक' के रूप में करते हैं एवं उनकी पूजा करके अपनी श्रद्धा प्रकट करते हैं।

ताओ तेह चिङ्ग नामक अद्भुत पुस्तक में संकलित लाओ द्वारा कही गई पंक्तियाँ अब के समय में चीन के बाहर भी जानी जाती हैं इसी पुस्तक को 'दाओ डे जिंङग' द्वारा भी इंगित किया जाता है।

दाओ! डे! जिङग! इन तीन शब्दों के अनुवाद बहुत मशक्कत के बाद पश्चिमी विद्वानों के द्वारा इस प्रकार चुने गए हैं-'दाओ' के लिए 'वे' (way) अर्थात् मह्-पथ को, महान् सिद्धांत की तरह रखते हैं! 'डे' के लिए वर्च्यू (virtue) अर्थात् सत् एवं गुण को दर्शाते हैं! और 'जिङग' के लिए क्लासिक (classic) अर्थात् पुरातन कहा जा सकता है कि मह्-पथ, सत् और पुरातन ये तीन मान्यताओं के प्रतीक स्वरूप हैं, साथ ही दर्शन सिद्धान्त के मूल भी।

पश्चिमी विद्वानों द्वारा दर्शाए गए विवेचनों के आधार पर ताओ तेह चिङ्ग के शाब्दिक भावार्थ को परे रखकर अगर भारतीय वेद-वेदान्त, योग वशिष्ठ आदि पुस्तकों में निहित ध्वनि एवं क्रम के आधार पर यदि भारतीय आध्यात्मिक अध्यायों में वर्णित शब्दों के बीच से ताओ तेह चिङ्ग का मतलब चुनें, तो सहज ही एक किस्म का साम्य जो इन तीनों शब्दों ('ताओ', 'तेह', 'चिङ्ग') के लिए दीख पड़ता है वह है-ओऽम्, तत्, त्वम्।

"ताओ! तेह! चिङ्ग!" और "ओऽम्! तत्! त्वम्" की ध्वनियों में आश्चर्यजनक समानता है, और शायद अर्थ में भी। यह समानता भारतीय विचारक को बीती सदियों के पीछे ठिठके काल-खंड की ओर खींचती है, जहाँ भारतीय वेदान्त में निहित श्लोकों के बीच 'ब्रह्म'और 'ओऽम् है, त्वम् और तत् है और चीनी दर्शन के बीच ताओ है, (जो ब्रह्म की तरह ही सर्वपिता के पद पर है और सबके उत्स की तरह है) सहज इच्छा होती है कि बार-बार इन शब्दों को एक के बाद उच्चारित करें, इनके बीच सूत्र खोजने का प्रयास करें... ओऽम्! तत्! त्वम्!...ताओ! तेह! चिङ्ग!

ताओ तेह चिङ्ग में निहित कई सूक्ष्म आयामों पर नजर डालने से सहज ही दीख पड़ता है कि इसके अंदर स्थित भाव कुछ इस क़दर तुर्श रूप से है, मानो वे तत्व पौराणिक भारतीय दर्शन से संबंधित आत्मतत्व के सूत्रों से निकलकर आए हों। लाओ त्सु के अनुसार सत्य के बिंब एक निर्मल, निश्छल मन पर स्वयं प्रतिबिंबित हो उठते हैं। और यह वही बात है जिसे भारतीय वेदांती कुछ इस प्रकार कहते हैं कि जब मन अभ्यास के द्वारा, तपस्या के द्वारा शांत हो जाता है, तो उसकी निर्द्वन्द्व, पारदर्शी सतह पर ब्रह्म स्वयं ही आभासित हो उठता है।

ताओ तेह चिङ्ग को एक ऐसा चीनी दस्तावेज़ माना जाता है, जो आज के समय में भी अमरत्वपूर्ण तर्ज पर सभ्यता-संस्कृति के परे रहते हुए पूरे विश्व के भिन्न-भिन्न दर्शनों के बीच कौंधता रहता है। मानों वही एक अनेकों रूपों में सबों के बीच प्रतिभासित है-एकोऽहं बहुस्यामि।

एकदम सीधी सरल भाषा में कहें तो ताओ तेह चिङ्ग में वर्णित तत्व (चाहे वे व्यावहारिकता के धरातल से जुड़े हों या आध्यात्मिकता के धरातल से) एक किस्म की पारदर्शिता तले आवेष्ठित दीखते हैं। इस महान् पुस्तक की पंक्तियों के बीच संतोष का चलन तो परिलक्षित होता है ही, चीजों के प्रति, कार्यों के प्रति संगत का सुर भी इनके बीच घुला-मिला दीखता है।

इस अद्भुत पुस्तक ताओ तेह चिङ्ग को ताओइज़्म का मूल माना जाता है, साथ ही इसे चीनी धर्म का केंद्रक भी मानते हैं।

इस पवित्र पुस्तक को ताओइज़्म का मूल एवं चीनी धर्म का केंद्रक मानने के पीछे यह मान्यता है कि जब बुद्धइज़्म का प्रचार-प्रसार चीन में हुआ तो वह ताओवाद में स्थित शब्दों एवं भावों के बलबूते पर ही विस्तारपूर्वक प्रसारित हो पाया।

वास्तविक धरातल की बात यही है कि इस तथ्य को भुलाया नहीं जा सकता है कि चीनी बुद्धइज़्म वास्तव में सर्वप्रथम ताओइस्ट शब्दों एवं भावों (concept) के द्वारा ही वर्णित हो पाया, अन्यथा चीनी बुद्धइज़्म शायद उस आकार एवं विस्तृतता को ग्रहण नहीं कर पाता, जो उसने

ताओवादी सूत्रों एवं सूक्तों के बल पर आसानी से पा लिया और इसी कारण जनमानस के बीच प्रचारित-प्रसारित हो पाया।

माना जाता है कि ताओ तेह चिङ्ग रूपी इस महान पुस्तक के बिंब लाओ त्सु द्वारा ईसा पूर्व छठी शताब्दी के पहले रक्खे गए थे। लेकिन लंबे समय तक लगभग सुप्तावस्था में रहने के बाद उन्नीसवीं सदी के उत्तरार्द्ध में जाकर पहली बार इस पुस्तक का भावानुवाद हो पाया।

ताओ तेह चिङ्ग को एक ऐसी पुस्तक माना जा सकता है, जिसने अलग-अलग धरातलों पर स्थित मानस पर अपना प्रभाव छोड़ा है। पूर्व काल में पुस्तक के प्रभाव न जाने कहाँ-कहाँ दीखे...मसलन चित्रकारों की कृतियों पर, कवियों की रचनाओं पर तथा शब्दानुकृति बनानेवालों की कला पर भी। कवियों की चित्रकारों की कला को इस पुस्तक ने अद्भुत ढंग से एक समय-खंड में प्रभावित किया था, जिसके बिंब आज भी कई बार हमें आश्चर्य में डाल देते हैं। उस कालखंड के कलाकारों की कृतियों पर इस पुस्तक के कारण पड़े हुए गहरे प्रभाव ने उन्हें स्वयं की कला को कुछ अलग ढंग से संप्रेषित करने की प्रेरणा दी और इस प्रेरणा के कारण उनकी कला ने जनमानस के बीच अपनी स्थिति को अलग ढंग से स्थापित किया।

ताओ तेह चिङ्ग के भावानुवाद के बाद के समय को हम परखें तो पश्चिमी देशों में होने वाले इस प्रसार को हम इसके रोमन अनुवाद से जुड़ा हुआ पाते हैं जिसकी कॉपी श्री मैथ्यू रैपर के द्वारा इंग्लैंड लाई गई।

ताओ तेह चिङ्ग के जिस भावानुवाद की कॉपी श्री रैपर इंग्लैंड लेकर गए उस रोमन अनुवाद का वास्तविक श्रेय किसी रोमन कैथलिक मिशनरी को जाता है। सन सत्रह सौ अट्ठासी में इसी अनुसार की कॉपी श्री मैथ्यू ने 'सोसायटी' को भेंट की, जिसमें ताओ की 'दैवी अस्तित्व' का उच्चतर "कारक या कारण" कहा गया था, यानी कि इस पुस्तक में स्थित सूक्तों और भावों के आधार पर यह साफ-साफ निश्चित रूप से कहा गया है कि ताओ ही कर्ता है और वही नियंता भी।*

* यदि भारत के वेदांत दर्शन पर गहराई से नज़र डालें, तो सहज प्रश्न उठता है कि क्या 'ताओ' के द्वारा 'ब्रह्म' को इंगित किया गया है? अर्थात् जिस सर्वशक्तिमान को ताओ त्सु 'ताओ' कहते हैं उसे ही उपनिषद् 'आत्म' या 'ब्रह्म' कहकर इंगित करते हैं।

ताओ तेह चिङ्ग से संबंधित पुरातत्ववादी एवं पांडुलिपि खोजों के कारण इस पुस्तक के अलग-अलग प्रसारित संस्करण कई जगहों से समय-समय पर प्राप्त होते रहे हैं। इन संस्करणों में तीन का नाम मुख्य रूप से लिया जा सकता है-यान जुन संस्करण, हेशन्ग गॉन्ग संस्करण एवं वान्ग बी संस्करण। यान जुन के द्वारा संकलित ताओ तेह चिङ्ग के इस संस्करण के बारे में पाया गया है कि हॉन डाइनेस्टी (राजवंश) के इस विद्वान् (यान जुन) ने अपने कार्यकाल (ई. पूर्व 80-10) तक के बीच के लाओ त्सु के सूक्तों को लिखा। बाद के समय में हेशन्ग गॉन्ग संस्करण प्रसिद्ध सम्राट वेन के समय का है, जो हॉन साम्राज्य के अधिपति थे। हेशन्ग गॉन्ग का काल ई.पू. 202 से 157 का था। इस हेशन्ग गॉन्ग संस्करण की भूमिका शुआन ने लिखी थी। ताओ तेह चिङ्ग का वान्ग बी संस्करण ई.पू. 226 से 249 के बीच के समय में लिखा गया। दार्शनिक वान्ग बी "थ्री किंग्डम्" (Three Kingdom) नाम से प्रसिद्ध कालखंड के टीकाकार थे, जिन्होंने ताओ तेह चिङ्ग एवं आई चिङ्ग की टीकाएँ लिखी। बाद के समय में (1842) श्री स्टॉनिश्लस जूलियन ने ताओ तेह चिङ्ग के अनुवाद को पूरी पुस्तक के रूप में छपवाया।

चीनी दर्शन को पूरी तरह प्रभावित करनेवाली इस पुस्तक ताओ तेह चिङ्ग के अनुवादकों में कई अन्य नाम भी एक-के-बाद एक दीख पड़ते हैं यथा क्वांग-ड्जु, हो-क्वान ड्जु, हो-शैङ्ग् कुंग आदि।

विभिन्न अनुवादों के कारण ही इस किताब का प्रसार दूर-दूर तक फैला हुआ माना जा सकता है, जिसके पीछे सैकड़ों पश्चिमी अनुवादकों का परिश्रम परिलक्षित हो उठता है।

समय बीतने के साथ ताओ तेह चिङ्ग की प्रतिष्ठा पुरातत्वविदों और पांडुलिपि खोजों के कारण बढ़ गई और इसी क्रम में 1920 से 1930 में मार्क ऑरेल स्टाइन और अन्य कई लोगों ने ताओ तेह चिङ्ग से सम्बन्धित बहुत कुछ डून हुआंग के करीब स्थित मोगाओ की गुफ़ाओं में प्राप्त हज़ारों लेखों की प्राप्ति क्रम के बीच पा लिया, जिसमें पचासों लेखों की प्राप्ति क्रम के बीच पा लिया, जिसमें पचासों पूर्ण-अपूर्ण पांडुलिपियाँ

हैं। उन्हीं में से एक सू गन (270 ई. पूर्व) लिखित है और इसकी साम्यता हेशान गोआंग से है।

पुरातत्वविदों को 1973 में कुछ चीनी प्रतिलिपियाँ मिली, जिन्हें मावान्ङगगुड़ी सिल्क टेक्स्ट कहा गया। इनमें दो पूर्ण प्रतिलिपियाँ लाओ जी की थी, जिसे टेक्स्ट ए एवं टेक्स्ट बी कहा गया। इनमें स्थित चित्रलिपि, तरीकों एवं साम्राज्यकाल के आधार पर विद्वानों का मत है कि टेक्स्ट ए एवं बी को ई.पू. दूसरी शताब्दी के एवं तीसरे दशक में स्थित माना गया। पाया गया है कि गुआडिन शहर में 1993 में काफी प्राचीन गद्य एक मक़बरे के पास स्थित थे, जिसमें 300 ई. पू. के समय के 800 हस्तलिखित बांसपत्र हैं।

दूसरी ओर मावान्ङगगुड़ी एवं गुआडिन में प्राप्त संस्करणों में भी असमानता नहीं पाई गई है। हाँ, अध्यायों के क्रम अलग हैं, लेकिन कथ्य एवं भाव समान हैं। कहा जा सकता है कि ताओ तेह चिङ्ग के सभी प्रचलित* एवं प्रसारित संस्करणों के स्रोत यही दोनों यानी की मावान्ङगगुड़ी एवं गुआडिन संस्करण हैं।

ताओ तेह चिङ्ग के अनेकों अनुवाद विभिन्न लोगों द्वारा किए गए और तब से लेकर अब तक यह कार्य जारी है और अभी भी अनेकों तरह से बहुत से लोगों के द्वारा इस पुस्तक को लिखित-प्रतिलिखित किया जा रहा है। ताओ तेह चिङ्ग को बहुत पसंद किया गया है, शायद इस कारण इसे बड़े कद की पुस्तक को इसके अपने शब्दों एवं मुहावरों के कारण अंग्रेजी में पूरी तरह स्थापित किया जा रहा है, यह भी सत्य है कि इसकी पंक्तियों में निहित सच्चाईयों को नकारा नहीं जा सकता।

चीज़ों और कार्यों के विपरीत जाकर उसे अपने अनुसार ढालने की कोशिश करने का लक्ष्य इन सूक्तों के बीच कहीं नहीं है। बल्कि परमशक्ति के प्रति एक किस्म के समर्पण का भाव है।

ताओ तेह चिङ्ग की पंक्तियों के बीच प्रकृति को पहचानने का क्रम, उसके अनुसार ढल जाने का सुर ही स्वाभाविकता का बाना धारण किए

---

* लाऊ (1989) द्वारा संकलित तथा हेनेरिक (1989) संकलित, मायर (1990) एवं हेनेरी (2000) द्वारा संकलित।

हुए इनके बीच डोलता रहता है एवं जाग्रत तत्व की जाग को बनाए रखता है। अगर थोड़ी गंभीरतापूर्वक गहराई में जाकर विचार करें, तो ताओ-तेह-चिङ्ग का मतलब अनेकार्थी है। एक तरफ इसे इस प्रकार व्याख्यायित किया गया है, मानो एक ही पंक्ति अलग-अलग बिंबों को प्रतिरूपित करती है। वहीं कई उलझी हुई पंक्तियाँ द्विअर्थी एवं बहुअर्थी भावों को इंगित करती हैं। उन पंक्तियों के अंदर से प्रतिभावित होने वाले भाव एक ओर राजनीतिक विमर्श को दर्शाते हैं, दूसरी ओर जन-साधारण तक पसरी हुई बुद्धिमत्ता को समेटते हुए दीख पड़ते हैं।

ताओ तेह चिङ्ग चीन की एक ऐसी पुरातन पुस्तक है, जो दार्शनिकता, व्यवहार एवं भावनाओं के बीच की तरफ संगुम्फित है। यह गुंथन आध्यात्मिकता एवं व्यावहारिकता दोनों स्तरों पर समान रूप से बिंबित होती है। इसकी पंक्तियों के बीच प्रकृति को पहचानने का क्रम, उसके अनुसार ढल जाने का सुर ही स्वाभाविकता का बाना धारण किए हुए इनके बीच डोलता रहता है।

अन्त में एक बार फिर यह स्वीकारना आवश्यक लगता है कि ताओ-तेह-चिङ्ग की सभी कविताएँ पढ़ लेने के बाद वेदान्त से परिचित भारतीय विचारक के मन में इन तीन शब्दों (ताओ! तेह! चिङ्ग!) का प्रतिकात्मक बिंब बेहद सहज रूप में उभर आता है-ओऽम्! तत्! त्वम्! ये तीन मूल शब्द आगे बढ़कर आध्यात्मिक एवं वेदांतिक दर्शन में वर्णित आत्म, स्व एवं ब्रह्म के बिंबों के करीब जाकर प्रतिरूपक की तरह खड़े हो जाते हैं और सहज रूप से इनका ध्वन्यात्मक बिंब मन में गूँज उठता है-

ताओ! तेह! चिङ्ग!
ओऽम्! तत्! त्वम्!

15.1.2009
बिलासपुर

ताओ का दर्शन एवं समन्वय

ताओवाद की गणना बुद्धवाद, ईसाई, कॅथोलिज्म, इस्लाम तथा अद्वैत-वाद के साथ की जाती है एवं इसे चीन के पाँच मुख्य धर्मों के बीच स्थित माना जाता है। चीनी बोलनेवाले समाज में ताओवाद की छाप सहज ही दीख पड़ती है, साथ ही यह अन्तर्राष्ट्रीय वर्ग के बीच भी स्वयं परिलक्षित हो उठता है।

ताओवाद के विस्तार पर नजर डालने से दीख पड़ता है कि लगभग एक हजार मंदिरों को ताओवादियों ने प्रतिष्ठित किया है, जिनमें ताओ के दस हजार अनुयायी बसते हैं। इस धर्म की शिक्षा विभिन्न कॉलेजों के द्वारा जनता को दी जाती है। चीन में ताओवाद के बारे में लोगों को अनेक पुस्तकों एवं पत्रिकाओं के माध्यम से भी अवगत कराया जाता रहा है एवं धर्म प्रचार की तरह इसे भी आगे बढ़ने को प्रेरित किया गया है।

इसी संदर्भ में ताओ के अनुयायी विशेष प्रयत्नों के द्वारा इस धर्म का प्रचार करते आ रहे हैं साथ ही जनता को शिक्षित भी, क्योंकि मान्यता है कि इस धर्म के द्वारा ही अधिक जन कल्याण संभव है। ताओवाद के अंदर भी अन्य धर्मों की तरह ही इसके अपने विचार एवं दर्शन हैं, जो कि विभिन्न परिवेशों में विश्व, मानव-जीवन एवं आदर्श मूल्यों को अपनी ही नजर से देखता है। इस धर्म की अपनी अलग संस्कृति है तथा ऐतिहासिक मूल्यों के आधार पर इसके अंदर विशेष किस्म के गुण परिलक्षित होते हैं। इस धर्म की विचारधारा मुख्यतः इसके दो सिद्धांतों पर आधारित है–

एक : ताओ धर्म ही सभी के ऊपर है

---

* तेहवान, हांगकांग एवं मका ओ शहर में स्थित मंदिरों की गिनती इनमें शामिल नहीं।

तथा

दो : जीवन-शिक्षा को 'ताओ' के द्वारा ही सार्थकता प्राप्ति होती है।

ताओवाद को सर्वोपरि मानते हुए इसे एक डिस्पिलिन की तरह बरता जाता है और इस मत को ताओवादी सृष्टि का मूल मानते हैं एवं 'ताओ' को जीवन का एकमात्र ध्येय।

'तताओवाद' को प्रथ्वी पर उत्तम जीवन एवं पूर्णता में मानव-जीवन तथा स्वर्ग प्राप्ति का कारण माना जाता है। विचारक ताओवाद को समझाने के क्रम में इसे 'स्वर्ग की दादी' के रूप में इंगित करते हैं, जो कि समस्त मानवता के बीच ज्ञान प्रकाश लाती है एवं उसी के कारण संपूर्णता में मानव जाति का कल्याण होता है।

सूक्ति की तरह इस तथ्य को बरता जाता है कि..."बिना किसी रूकावट एवं बंधन के सब कुछ को स्वयं ही घटित होने देना चाहिए तथा मानव को बिना किसी लालच एवं 'स्वं-भाव' के जीवन जीना चाहिए, क्योंकि इसी में उसका कल्याण संभव है।'

"पूरे जगत को प्रकृति के अनुसार चलना चाहिए, और मनुष्य को अपना जीवन सादगी पूर्वक एवं दूसरों के बिना मतभेद रखे हुए जीना चाहिए।"

मनुष्य को भौतिक लाभ की अपेक्षा दया भाव से पूर्ण जीवन बिताना चाहिए, क्योंकि इससे ही सबका कल्याण संभव है।

ताओवाद जीवन शिक्षा को सार्थकता प्रदान करते हुए इंगित करता है कि ताओ, अनश्वर एवं अमृतत्व से पूर्ण है एवं जीवन अनमोल।

चांग डावलिंग के अनुसार "जीवन मे ताओ-मत का अमूल्य स्थान है और इसके माध्यम से मनुष्य अपने जीवन को दीर्घता प्रदान कर सकता है।" देखा गया है कि इस विचार को सूत्र की तरह की शिक्षा मान कर एवं जीवनशैली के बीच अपना कर संतों ने अपने जीवन को लंबा एवं सुखमय बनाया। ताओवाद के विचारकों की दृष्टि में जीवन स्वर्ग के अधीन नहीं है, बल्कि अपने प्रयासों के बल पर मनुष्य जीवन को सुखमय

---

* भारतीय आचार शास्त्र में इस तथ्य को 'अप्रतिकार-भाव' के नाम से इंगित करते हैं।

तथा प्रसन्नचित बना सकता है। ध्यान, व्यायाम एवं सार्थक जीवनशैली द्वारा मनुष्य जीवन को व्यवस्थित कर सकता है। आत्मा के विकास के साथ-साथ स्वार्थ भावना छोड़कर अच्छे एवं कल्याणकारी कार्यों द्वारा प्रशंसा की इच्छा को त्यागते हुए मनुष्य को जीवन को सम्मार्ग की ओर ले जाने की आवश्यकता है।

ताओवाद के अनुसार अनश्वरता देवताओं द्वारा प्रदत्त उपहार है जिससे कि जीवन में अच्छे व नेक कार्य किए जा सकें एवं नैतिक मूल्यों में वृद्धि, प्रयास के द्वारा लाई जा सके। जीवन में अनुशासित रहकर तथा संयम के द्वारा नैतिक मूल्यों की सहायता से नई शक्ति एवं ऊर्जा संचरित की जा सकती है। जो 'ताओ' के अनुयायी रहे हैं उनके द्वारा जीवन को अनश्वर भाव से एवं सुखमय तरीके से जीने के उदाहरण मिलते हैं और इस मतानुयायियों का जीवन शांति पूर्ण एवं चिंतारहित पाया गया है। देखा गया है कि वे परिवर्तित जीवनशैली के कारण स्वस्थ एवं अपनी आयु से छोटे नजर आते हैं।

ताओवाद प्रकृति से समानांतर रूप से जुड़े होने के कारण वह स्व-निरीक्षण की बात को इंगित करता चलता है। ताओवाद से मिलने वाली शिक्षा जीवन मूल्यों को प्रभावशाली बनाने के साथ-साथ जीवनशैली की कमी को पूरा करने में सक्षम है। सहज ग्राह्मय है कि इस प्रकार जीवन-मूल्यों के ह्रास को बचाते हुए मानवता का विकास किया जा सकता है। ताओवाद में मानवता के गुणों का बेहद समझदारी एवं बुद्धिमानीपूर्वक समावेश किया गया है। मुख्य रूप से चार नियमों के द्वारा मानवता एवं प्रकृति के समन्वय एवं संबंध को इंगित किया जाता है:

1. ताओ तेह चिङ्ग के अनुसार पृथ्वी को प्रेरित करने वाली मानवता है और पृथ्वी स्वर्ग को प्रभावित करती है तथा स्वर्ग ताओ का अनुसरण करता है।

   ठीक इसी तर्ज पर कहा जा सकता है कि मानवता संपूर्ण पृथ्वी पर धरती को महत्त्व देती है, साथ ही यह भी कि अच्छा जीव

एवं मानव ही धरती पर नेक जीवन जीने के लायक है और वह पृथ्वी की गतिविधि, प्रकृति आदि को महत्त्व देता है। ताओ के अनुसार अच्छे जीव को प्रथ्वी की गतिविधि को महत्त्व देना चाहिए, पृथ्वी को स्वर्ग में होने वाले बदलाव को महत्त्व देना चाहिए एवं स्वर्ग को 'ताओ' की व्यवस्था को और यह प्रकृति के नियम के अनुरूप चलने जैसा है।

2. 'ताओ' के अनुसार जीवन व्यवस्था दो विपरीत शक्तियों द्वारा निर्धारित होती है-जिनमें एक कोमल एवं दूसरा गर्मी, कठोरता का प्रतीक है, जिन्हें क्रमशः यीन एवं यांग के नाम से जाना जाता है। ये दोनों शक्तियाँ विपरीत क्षेत्रों में कार्यरत रहती हुई भी सामंजस्य के बाद नवजीवन को उत्पन्न करती हैं। जो मनुष्य इस धारणा को समझ लेता है वह प्रकृति के साथ समभाव के बीच बुद्धिमत्तापूर्वकक जीवनयापन करता है।

3. ताओवाद की दूसरी धारणा (बॉओ पुह त्जी / Bao Pu Zi) के अनुसार मनुष्य अपनी बुद्धि का इस्तेमाल करते हुए प्रकृति से ज्ञान अर्जित करके अपनी आवश्यकताओं के अनुसार कुदरती भेंटों का इस्तेमाल करता है।

4. ताओवाद के हिसाब से मनुष्य को प्रकृति की सीमाओं के बारे में यह ज्ञान अर्जित करना चाहिए कि वह किस सीमा तक शक्ति का प्रयोग कर सकता है। अगर प्रकृति के इस संतुलन को बिगाड़ कर मानव जाति प्रमुख इच्छाओं की पूर्ति करती है, तो एक सीमा के बाद इस उल्लंघन के फलस्वरूप प्रकृति उसे दंड देती है। यह भी कहा जाता है "असीमित इच्छाएँ प्रकृति के संतुलन को बिगाड़ देती हैं और प्रकृति के संग समायोजित ढंग से चलकर सफलता प्राप्त की जा सकती है।"

अन्त में यह प्रतिष्ठित सत्य की तरह है कि

'ताओ' के अनुसार विभिन्न जीवों की उपस्थिति एवं विशेषताएँ संसार में अपरिहार्य हैं और संसार में विभिन्न जीवों का विकास स्वस्थ

समाज का नियंता होता है। अतः शासन एवं मनुष्य दोनों के लिए यह जरूरी है कि वह अपने अलावा इस सारे जीवों तथा प्रकृति की शक्तियों के बारे में विचार करे।

20.8.09

नागपुर

भाग-2

"ताओ तेह चिङ्ग" का रूपांतरण

एक

रहस्यों का रहस्य!

ताओ का बखान किया जा सकता है,
लेकिन अंतःस्थित ताओ का नहीं
नाम को नामांकित कर सकते हैं,
लेकिन अंतर्निहित तत्व को नहीं

जैसे कि धरती और स्वर्ग का प्रथम बिन्दु जो कि अनामित है
जैसे कि सभी वस्तुओं का मातृ-तत्व जो कि अभिध्येय है

अतः जो हमेशा से अन्तर्गुम्फित है,
हमें उसकी अंदरुनी गंध को देखना चाहिए
जो हमेशा से प्रकटित है,
हमें उसके बाहरी पहलुओं पर नज़र डालनी चाहिए

समान उत्स से निकली हुई ये दोनों धाराएँ,
हालाँकि भिन्न-भिन्न तरह से नामांकित
और दोनों को ही रहस्यमय कहा जाता है

रहस्यों का रहस्य सभी गंधों का द्वार है।

दो

जब पूरा संसार

जब पूरा संसार सुंदरता को
सौंदर्य की तरह स्वीकारता है
अपने आप में यह बात कुरुपता है
जब समूचा विश्व भलाई को
अच्छाई की तरह लेता है
अपने आप में यह दुष्टता है

वास्तव में छिपाव और खुलापन
एक-दूसरे को जन्म देते हैं
मुश्किल और सुलभता
एक दूसरे को सराहते हैं
छोटापन और लंबापन
एक दूसरे को प्रदर्शित करते हैं
ऊँचाई और नीचाई
एक दूसरे को मापते हैं
वाणी और आवाज
एक दूसरे को समायोजित करते हैं
अगाड़ी और पिछाड़ी
एक दूसरे के अनुगामी हैं।

इसलिए संत अपने कार्य-कलापों को
कठिनाई के बिना ही निभा लेता है

अपनी शिक्षा को
बिन कहे फैलाव देता है और
भरी-पूरी चीजों को
थोड़ा भी नकारता नहीं है
वह उन्हें ऊँचाई प्रदान करता है,
लेकिन उन पर अपना आधिपत्य नहीं जमाता
वह अपना कार्य सम्पन्न करता है,
लेकिन उसके द्वारा कोई जमा खाता नहीं खोलता
वह अपने लक्ष्य को निष्पादित करता है
लेकिन उस पर कब्जा नहीं जमाता

और यह सब इसलिए कि
वह उस पर हक नहीं जमाता
क्योंकि
कोई भी इसे उससे छीन ही नहीं सकता।

तीन

प्रथम मूल तत्व

ताओ एक खाली पात्र की तरह है
जो इस्तेमाल किए जाने के बीच
कभी भी भरा नहीं जा सकता
अथाह,
यही सबका प्रथम मूल तत्व,
कारण बिंदु है

यह नुकीले किनारों को
भोथर बना डालता है
यह सभी गाँठों को
खोल डालता है
यह सभी प्रकाश पुञ्जों को
सामंजस्यित कर देता है
यह विश्व को
एक सूत्र में पिरो डालता है
अतल तल में छिपा होते हुए भी यह
हमेशा के लिए उपस्थित दिखता है

मैं नहीं जानता
यह किसके गर्भ से उत्पन्न हुआ
यह सबों का पूर्वज दीख पड़ता है
सर्व पिता।

चार

स्वर्ग और धरती

स्वर्ग और धरती
बिलकुल ही भावनाशील नहीं हैं
हर चीज उनके समक्ष मानों भुस भरा कुक्कुर है

संत भावुक नहीं है
वह सभी व्यक्तियों के प्रति
भुस भरे कुत्ते से किया जाने वाला व्यवहार निभाता है

स्वर्ग और धरती के बीच स्थित
मानो वहाँ एक भाथी स्थित है
वह खाली है और कभी न चुकने वाला,
अन्तहीन

जितना ज़्यादा यह कार्यशील होता है
उतना ही ज़्यादा उसके बाहर जाता है

कितने भी शब्द मिलकर
इसे शब्दायमान, भावायित नहीं कर सकते
इसके लिए तुम्हें अपने अंदर
झाँक कर देखना होगा।

कभी न चुकने वाला

कहते हैं झरने की आत्मा नहीं मरती
इसे स्त्रीसम् दुर्बोधता कहा जाता है

स्त्रियोचित गहनता का पथ
स्वर्ग एवं धरती का मूल कारण कहलाता है
मकड़े की तरह हवा में उड़ता हुआ
टाल-मटोल की मुद्रा में

इसकी उपस्थिति का मात्र संकेत भर मिलता है
और जब कभी तुम इसे उकेरना चाहो
अनन्तता से भरा हुआ

यह कभी भी न चुकने वाला है।

छः

स्थायी स्थायित्व का रहस्य

स्वर्ग अनन्त काल तक बना रहता है
और
धरती करती है अनुसरण!
उसके स्थायी स्थायित्व का रहस्य क्या है?
ऐसा क्या इसलिए नहीं है, क्योंकि
चूँकि वे मात्र अपनी खातिर नहीं जीते
इसीलिए वे इतना जी पाते हैं?

अतः संत भी उनका अनुगामी बनना चाहता
है
लेकिन वह स्वयं को दूसरे से श्रेष्ठ पाता है
स्वयं के विश्वास को जगाओ
तभी स्वयं को सुरक्षित एवं निःशंक पाओ

ऐसा बिल्कुल नहीं है कि वह 'आत्म' के
बिना है,
बल्कि ऐसा इसलिए है
क्योंकि उसका तत्व ज्ञात हो चुका है।

सात

ताओ के करीब

अच्छाई के सबसे उच्च स्वरूप
जल के प्रतीक की तरह हैं
पानी को पता है,
कि
वस्तुओं के साथ
बिना रार (झंझट) किए हुए
सभी चीज़ों को लाभ
कैसे पहुँचाया जाए
यह हर अनिश्चित जगह भी
उपस्थित रहता है
अतः
यह ताओ के करीब है

अपने दोलायमान समय-खंड को
तय करते समय
जमीं से जुड़ने को जानो
अपने मानस को उन्नत बनाते समय
जान लो कि दूसरों के व्यवहार करते समय
सौजन्यशील एवं उदार कैसे बनना है
वक्तव्य देते समय
जान लो कि अपनी बात कैसे रखनी है
शासन करते हुए जानो

कि आज्ञापालन को कैसे अंजाम देना है
जानो कि निपुण कैसे बनना है?
आगे बढ़ते हुए जानो कि
सही समय को कैसे चुनना है?

अगर तुम
दूसरों के संग झगड़े में नहीं पड़ोगे
तो कलंक के बोझ से
मुक्त रहोगे।

आठ

स्वर्ग का रास्ता

पूर्णत्व को संभाले रखने के लिए
बेहतर है कि सही समय पर थम जाओ।

तलवार की धार को ठोकते-पीटते
और तीव्र करते रहने पर भी
धार को बहुत काल तक
बनाए नहीं रखा जा सकता,

अपने घर को सोना-रुपया से भर लो
और उसे अधिक समय तक
सुरक्षित नहीं रखा जा सकेगा

अपनी संपदा और प्रतिष्ठा को
जमा कर के रखोगे;
तो तुम केवल आपद की
फसल को ही पकने दोगे।

स्वर्ग का रास्ता तो यह है
"जब तुमने अपना कार्य पूरा कर लिया,
सेवानिवृत्त, हो जाओ।"

नौ

अन्तः पावित्र्य

अपने आत्म एवं प्राणशक्ति को
एक साथ रखते हुए
क्या तुम
उनके बीच सामंजस्य बनाए रख सकते हो?

अपनी जीवनशक्ति को
प्राप्त करने के क्रम में
क्या तुम नवजात शिशु की
स्थिति में जा पहुँचे हो?

अपनी अन्तर्दृष्टि को
साफ-सुथरा करते ह
क्या तुमने इसे सभी तरह के
मैल से मुक्त कर लिया है
अपनी प्रजा पर स्नेह रखते हुए
और देश पर शासन चलाते हुए
क्या तुमने चालाकी से
छुटकारा पा लिया है?

स्वर्ग के द्वार की अर्गला को
खोल बंद करते हुए
क्या तुम स्त्रैण की भूमिका

निभा सकते हो?

हर प्रकार से पूर्ण प्रकाशित,
विद्वत, चहुँ ओर
दृष्टि डाल पाने में सक्षम रहते हुए भी
एक ही समय में
तुम निर्लिप्त और अकार्यशील बने रह सकते हो?

अपनी प्रजा पर गरजो
लेकिन अपनी प्रजा को पोषित करो
बिना उन्हें अपनी खातिर
आक्षेपित करते हुए उन पर चिल्लाओ
बिना कोई जमा खाता खोले
तुम अपना कार्य करो

एक पथ-प्रदर्शक बनो कसाई नहीं
इसे ही अन्तः पावित्र्य कहते हैं।

太極

दस

अगोचरता

एक धुरी की ओर उन्मुख
तीस ताली

केन्द्रक में स्थित यह एक छेद ही तो है
जो बैलगाड़ी के कब्जे को उपयोगी बनाती है!

हम मिट्टी के लोंदे से पात्र बनाते हैं
वह पात्र के अंदर का खाली स्थान है
जो उसे उपयोगी बनाता है।

हम कमरे के लिए दरवाजे खिड़कियाँ बनाते हैं
लेकिन अंदर की खाली जगह ही तो
कमरे को रहने लायक बनाती है।

अतः वास्तविकता की उपयोगिता है अवश्य
लेकिन वह अगोचरता ही है
जो इसे उपयोगी बनाता है।

निरपेक्ष

पाँचों रंग आँखों को चकाचौंधित कर
अंधा बना डालते हैं
पंचम सुर कान को बहरा!

पंच गंध तालु को अघाकर
तृप्त कर देते हैं!

दौड़म-दौड़ और आखेटकता
दिमाग को पगला देती है
दुर्लभ वस्तुएँ मनुष्य को
गलत कार्य करने के लिए उकसाती हैं!
इसलिए संत दृष्टि की नहीं
क्षुधा की सुध लेते हैं!

जो अंदरुनी है उसकी अपेक्षा
उसे चुनते हैं, जो निरपेक्ष है
(निःसंदेह वह है ही!)

बारह

जगत् का प्रबंधनकर्ता

"सुखद आश्चर्य की तरह
अपयश का स्वागत करो;
कष्टों को अपने शरीर की तरह
सम्मान प्रदान करो।"

क्यों हमें "अपयश का स्वागत
सुखद आश्चर्य की तरह करना चाहिए?"

क्योंकि विनीत मुद्रा
वरदान की तरह है
इसे पा लेना सुखकर अचंभा है
और इसीलिए यह खो दिया जाता है!
इसी कारण हमें स्वागत करना चाहिए
अपयश का सुखद आश्चर्य की तरह!
क्यों हमें कष्टों को
अपने शरीर की तरह सम्मान देना चाहिए?

क्योंकि हमारा शरीर ही कष्टों की जड़ है
अगर शरीर ही न हो,
तो कष्टों का हम क्या करेंगे?
अतः वह जो अपना शरीर

संसार पर वार देना चाहता है,
वही
वही जगत्-व्यापार
सौंपा जाने की खातिर उपयुक्त है;

जो इसे पूरे प्रेम के साथ कर सकता है;
वही जगत् का प्रबंधनकर्ता होने के सर्वथा लायक है!

आकारविहीन आकार

तुम इसे देखो, लेकिन देख नहीं पाओगे!
इसका नाम है आकारहीन!

इसे सुनो लेकिन सुन नहीं पाओगे!
इसका नाम अध्वनित!

इसे ग्रहण करो
लेकिन इसे तुम ले नहीं पाओगे!
इसका नाम अग्राह्म है!

ये तीनों ही लक्षण अथाह के हैं,
अतः ये एक में विलीन हो जाते हैं!

इसका ऊपरी हिस्सा प्रकाशित नहीं है,
इसकी अंदरुनी तह धुंधली नहीं है!

यह अनामवान अनवरत चक्कर काटता है
जब तक कि यह चीज़ों के प्रभाव क्षेत्र के परे न हो जाए

हम इसे आकारविहीन आकार कहते हैं,
अप्रतिबिम्बित-प्रतिबिम्ब
इसे भी अपरिभाषित एवं अकल्पनीय कहते हैं

इसके रू-ब-रू हो जाओ
और तुम इसका मुखड़ा नहीं देख पाओगे।
इसका अनुसरण करो
और तुम इसका पृष्ठ भाग नहीं देख पाओगे!

लेकिन हाँ इस समयहीन
ताओ के द्वारा ग्रहित होकर
तुम वर्तमान की निर्गम सच्चाईयों को
स्वीकार कर सकोगे
ताओ में स्वयं को दीक्षित करना ही
मूल भाव को जान लेना है!

चौदह

अमापनीय ताओ

ताओ के पुराने सुविज्ञ सूक्ष्म,
लचीले, गहन और विक्षण थे
उनसे मस्तिष्क इस कदर अतल
गहराई वाले थे, कि
उन्हें मापा ही नहीं जा सकता

चूँकि वे अमापनीय थे
अतः उनकी उपस्थिति का
अस्पष्ट वर्णन ही संभव है।

एक बर्फीले प्रवाह को पैदल ही
पार करने जैसी हिचकिचाहट
एक कायर की भाँति
आसपास में आशंकित
एक अतिथि की तरह
शिष्ट और सतर्क
पिघलन बिंदु पर स्थित
बर्फ की तरह विचलन भरा
अनतराशे हुए पत्थर की तरह अनगढ़
गुफाओं की तरह पोला
कीचड़ भरे तालाब की तरह पंकिल
और अब तक कौन भला

आहिस्ते-आहिस्ते पंकिलपने से
निर्मलता की ओर विकसित हो सका है?
कौन दूसरा धीरे-धीरे लगातार अक्रियता से
जीवंतता की ओर उन्मुख रह सकता है?

तो ताओ में मगन है
वह पूर्णत्व नहीं चाहता;
लेकिन असंदिग्ध भी,
क्योंकि वह कभी पूर्ण नहीं है।

वह हमेशा एक छिपे अंकुर की तरह
रह सकता है, और
समय-पूर्व परिपक्वता की खातिर
उतावला नहीं होता।

पंद्रह

अभयरहित और पूर्ण

आत्यांतिक शून्यत्व को प्राप्त करो,
अन्दरुनी शांति के साथ एकात्म हो जाओ!

जबकि सभी चीजें एक दूसरे में गड्मड् हो रही हैं;
मैं मात्र अपरिवर्तशीलता की ओर वापसी चाहता हूँ!

जैसा कि वे उन्नयन की खातिर करते हैं;
उनमें से प्रत्येक अपने मूलत्व की ओर लौटेगा!

जड़ की तरफ लौटना शांति पाना है
शांति पाने के लिए
अपने प्रारब्ध को पूरा करना होगा
प्रारब्ध को पूरा करने की खातिर
अविरत होना जरूरी है
अविरतता को जान लेना ही
अंतर्दृष्टि को पा लेना है;
जो अचरता को नहीं जानता
वह विपदा की ओर
अंधे की तरह दौड़ता है
अगर कोई अविरतता को जानता है
वह समझ सकता है
और सबों को आगोश में ले लेता है

अगर कोई समझता-बूझता है
और सबों को आगोशित करता है
वही न्याय करने के योग्य है
न्यायवान् होना ही राजत्व है
राजसी होना ही स्वर्गिक होना है
स्वर्गसम् होना ताओ के साथ एकत्व पाना है
ताओ के संग एकात्म होना
हमेशा के लिए स्थायी है
जो ऐसा है वही अभयरहित और पूर्ण है
यहाँ तक कि शरीरपात के बाद भी पूर्ण!

सोलह

मरुत्तर किस्म का राजा

सबसे महत्तर श्रेणी का राजा वही है
जिसकी उपस्थिति कि प्रति लोग
जानकर भी अनजान हैं

दूसरे स्थान पर आते हैं वे
जिन्हें लोग प्यार करते हैं
और उनकी पूजा करते हैं
और फिर वे जिनसे लोग डरते हैं
उसके बाद वे हैं, जिनकी लोग उपेक्षा करते हैं
और अवज्ञा करते हैं

जब तुममें विश्वास की कमी घर कर जाती है;
लोग तुम्हारे प्रति अविश्वासी हो उठते हैं!

साधु मुश्किल से प्राप्य एवं वर्णन से परे होते हैं;
जब उसका कार्य पूरा हो जाता है
और लक्ष्य निष्पादित हो जाते हैं
तब लोग कह उठते हैं, "हमने स्वयं इसे परवान चढ़ाया।"

सत्रह

महानता और न्याय का प्रादुर्भाव

जब महान् ताओ को
परित्यक्त छोड़ दिया गया
वहाँ महानता और न्याय का प्रादुर्भाव हुआ!
जब बुद्धिमत्ता और वाग्विद्वता का आगमन हुआ
वहाँ विस्तृत आडंबर ने आकार लिया!
जब छहों इंद्रियों ने अपनी सामंजस्यता खो दी;
वहाँ मातृ-पितृ भाव से ओत-प्रोत दया भाव और उदारता
प्रकट हुए
जब किसी राज्य क्षेत्र में अंधकार और उथल-पुथल फैल
जाता है
तब भगवान के दूतों का आगमन होता है!

अट्ठारह

ताओ के तीन क्रिस क्रास

बुद्धमानी को छोड़ो,
चतुराई की उपेक्षा करो
लोग सैकड़ों भाँति
विभिन्न स्तरों पर लाभदायक सिद्ध होंगे
मानवीयता को छोड़ो,
न्याय की उपेक्षा करो
मनुष्य वापस
अपने स्वाभाविक स्नेह आदि की ओर लौटेगा
कुटिलता को छोड़ो,
तेज तर्रारता की उपेक्षा करो
चोर-डकैत अपने आप विरक्त हो जाएँगे।

ये ही तीन ताओ के क्रिस क्रास हैं;
लेकिन ये स्वयं में पर्याप्त नहीं
अतः इन्हें किसी ऊँचे आदर्श की ख़ातिर
वश में किया जाना चाहिए
सत्य की ओर उन्मुख रहो और
आद्य तत्व को आगोश में ले लो
अहं को घटने दो एवं कामनाओं को मोड़ दो।

उन्नीस

मातृमूल से अविच्छिन्नता

विद्वता को प्राप्त कर लों
और
तुम ऊहापोह से मुक्त हो जाओगे

कितना बड़ा अंतर है
'इह्' और 'ओ' के बीच?
क्या पहचान है
अच्छे और बुरे के बीच?

क्या मुझे उन चीज़ों से डरना चाहिए
जिससे दूसरे डरते हैं?
क्या बेढंगी बात है यह!

सभी मनुष्य खुशमिजाज और चकमकाते हुए
जैसे कि एक बलि वाले बैल को खुशी-खुशी खाना
जैसे कि वसंत भरे गवाक्ष पर चढ़ जाना
मैं अकेला शांत मन बिना भाव-भंगिमा के
एक बच्चे की तरह
जो अब तक मुस्कुराया नहीं
मैं अकेला ऐसा जिसके पास लौटने के लिए घर
नहीं है

सभी व्यक्तियों के पास रखने के लिए पर्याप्त है
और बाँटने के लिए भी है
मैं अकेला
जिसका कुछ भी मालिकाना नहीं

कैसा मूर्ख हूँ मैं
कैसा गंदा दिमाग है मेरा
सभी मनुष्य बुद्धदीप्त/बुद्धआलोड़ित
मैं अकेला मंदबुद्धि/हतबुद्धि

सभी व्यक्ति चतुर
मैं अकेला मूर्ख, भोंदू
लहरों की नाईं आलोड़ित
बिखरते हुए झंझावत की तरह दिग्भ्रमित

सभी व्यक्ति अपनी कब्रों में व्यवस्थित हो चुके
मैं अकेला हठीला और बाहर ठहरा हुआ
लेकिन जिसमें मैं सभी दूसरों से अलग हूँ
वह है मातृमूल से अविच्छिन्नता !

बीस

तेजस्विता का मर्म

ताओ का और मात्र ताओ का
अनुगामी बन पाना
यह
महान ज्ञानाकांक्षी के स्वभाव के अंदर
स्थित रहा करता है

अब प्रश्न यह है
कि
ताओ है क्या?

तो
वह थोड़ा रहस्यवादिता के बीच
और थोड़ा भ्रांतिजन्य

फिर भी
वह अपने अंदर मौजूद रहा करता है
मायावी एवं रहस्यवादिता
और यह अपने अंदर तत्व की मौजूदगी भी बनाए रखता है

आवरणित और हल्का-सा धुंधलका और
यह अपने अंदर जीवंतता को भी मौजूद रखता है
तेजस्विता का मर्म बेहद सच्चा है

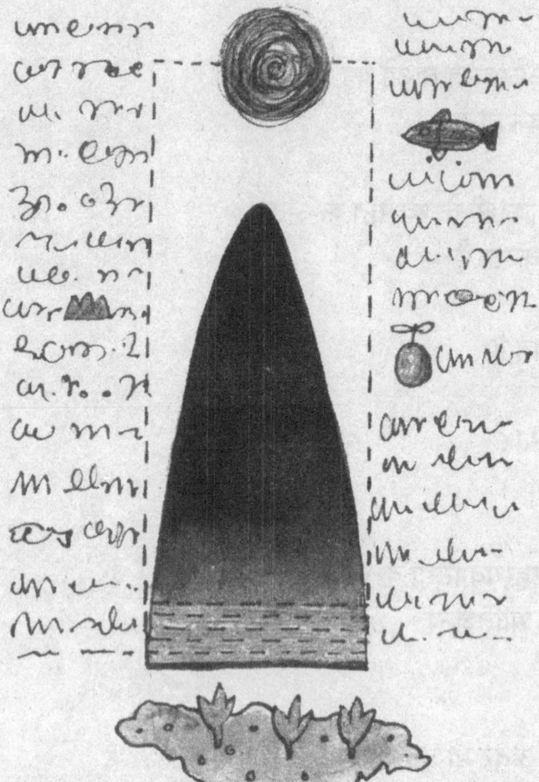

वह अपने अंदर कभी न हारनेवाले
अर्जव को बरकरार रखता है

सदियों से इसके नाम को बचाकर रक्खा गया है
हर चीज़ के शुरुआती लम्हों को याद रखने के लिए
सदियों से इसका ज्ञान तयशुदा है

हर चीज के मूल प्रादुर्भाव को याद करने की ख़ातिर
सभी चीज़ों के शुरुआती लम्हों के क्रम को
याद कर पाने के लिए

मैं शुरु में ही उन सभी बातों के
घटित होने के तरीके को कैसे जान लूँ?
जो कि मेरे ही अंदर स्थित है!

इक्कीस

शून्यत्व को प्राप्त करो

विनयी बनो और तुम पूर्ण हो जाओगे
स्वयं को मुड़ने दो (सही रास्ते पर)
और तुम सरल हो जाओगे
शून्यत्व को प्राप्त करो
और तुम परिपूर्ण हो जाओगे
स्वयं को वार्धक्यता की ओर बढ़ने दो
और तुम नवे हो जाओगे

थोड़ा ग्रहण करो
और तुम लाभान्वित होओगे
अधिक समेटो
और तुम ऊहापोह में पड़ जाओगे
अतः संत उस एकमात्र को अलिन्गित करता है
और वह स्वर्गिक आभा तले
उदाहरण के योग्य बन जाता है!

वह स्वयं का प्रदर्शन नहीं करता
अतः कौंध उठता है
स्वयं को समर्थित नहीं करता
अतः लोगों के बीच विख्यात हो जाता है
स्वयं की क्षमता को बढ़ा-चढ़ाकर नहीं देखता
अतः वह प्रतिष्ठित होता है

स्वयं की सफलता को नहीं भांजता
अतः वह टिका रहता है
किसी के साथ स्पर्धा नहीं रखता
अतः कोई उसे हरा नहीं सकता
अतः पुरातन कथ्य
"विनीत बनो और पूर्णत्व पाओ"
ये शब्द झूठे नहीं हैं
बल्कि, अगर तुमने सच में पूर्णता पा ली है,
हर चीज तुम तक आएगी!

बाइस

ताओ का ध्यान

मात्र सरल और सुंदर शब्द ही
फल-फूल सकने लायक हैं
वे उनके अंदर जाग्रत होकर
फलते-फूलते हैं

बवंडर
पूरी सुबह को घेरे नहीं रह सकता
अचानक की बरसात
पूरे दिन बनी नहीं रह सकती

उनका कर्त्ता कौन है?
स्वर्ग और धरती
यहाँ तक कि स्वर्ग और धरती भी,
ऐसी उग्र चीज़ों को
दीर्घता प्रदान नहीं कर सकते
हरहमेश बनाए नहीं रहने दे सकते
तो मनुष्य का उद्यम भला कहाँ तक
साथ निभा सकता है?
अतः जो ताओ का ध्यान करता है
ताओ उसके संग बना रहता है
जो सदाचार का अभ्यास करता है,

सद्‌गुण उसके साथ रहते हैं
और जो नकार के साथ रहता है
उसके साथ हानि बनी रहती है
ताओ के संग एकत्व की ख़ातिर
ताओ के आगम का स्वागत करो

सद्‌गुणों के साथ एकाकार होने के लिए
सदाचार का स्वागत करो
हानि के साथ एकात्म होने के लिए
नकार का स्वागत करो

तुम्हारे अंदर के विश्वास की कमी
दूसरों को तुम्हारे प्रति अविश्वासी बना डालता है!

ताओ के अनुगामी का मन

मात्र पंजों पर खड़ा नहीं रहा जा सकता!
टाँगें फैला कर चला नहीं जा सकता!
जो स्वयं का प्रदर्शन करता है,
वह जगमगाता नहीं है
वह जो स्वयं का पद लेता है
उसे कीर्ति नहीं मिलती;
वह जो स्वयं की योग्यता की बड़ाईयों में
तल्लीन रहा करता है
उसके अन्दर योग्यता नहीं पाई जाती!

वह जो अपनी सफलताओं की इठलाकर
प्रशंसा करता है
उसके अंदर उद्यमता नहीं रहती

ताओवाद की भाषा में
इन चीज़ों को बाहरी दिखावा कहा जाता है!
"अवांछित भोज्य एवं असंगत आडंबर!"

जो कि सभी के द्वारा नापसंद की जाती है
अतः ताओ के अनुगामी का मन,
ऐसी बातों में नहीं रमता।

चौबीस

ब्रह्मांड की माता

धरती और स्वर्ग के उद्भव के पहले
कुछ था,
जो अपरिभाषित था
फिर भी स्वयं से परिपूर्ण!

अपने अपरिवर्तनीय स्वरूप में सतर खड़ा
मौन एवं ओर-छोर रहित
और हर ओर बिना बिखरे पसरा हुआ
उसे ब्रह्मांड की माता इंगित किया जा सकता
है
मैं उसके नाम से परिचित नहीं
मैं उसे 'ताओ' कहता हूं
अन्य किसी अच्छे शब्द की अनुपस्थिति
के कारण इसे 'महानतम्' पुकारा जा सकता है
महान् होना यानी 'चरैवेति'
बढ़े चलना यानी दूरगामी बनना
दूरस्थ होना यानी कि लौट पड़ना!

अतः 'ताओ महान् है',
स्वर्ग मह है
पृथ्वी महान् है
मह व्यक्ति है

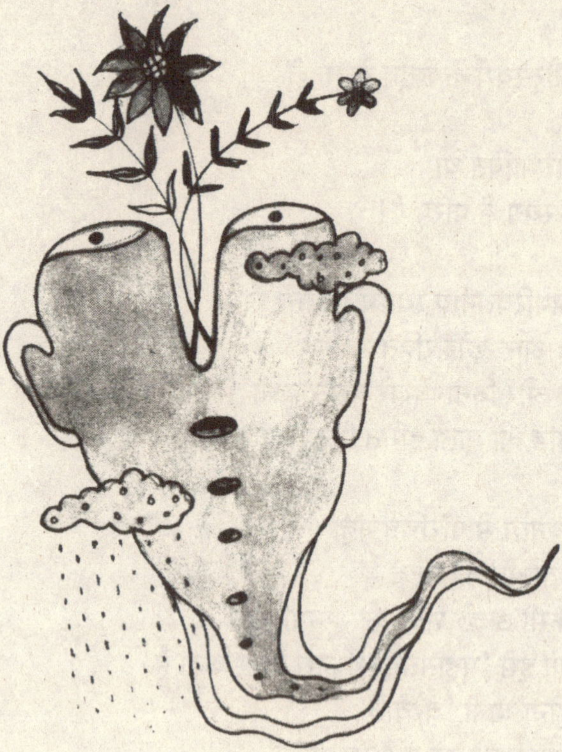

अतः राजा ब्रह्मांड में स्थित चार में से एक है
मनुष्य प्रकृति के नियमों का अनुसरण करते हैं
पृथ्वी स्वर्ग के पथों का अनुसरण करती है
स्वर्ग ताओ के नियम कानूनों का अनुसरण
करता है
ताओ स्वयं अपने पथ का अनुसरण करता है

महान् होना यानी चलते जाना
चलते जाना, दूरस्थ हो जाना;
दूर हो जाना यानी वापस आना!

पच्चीस

मूलोच्छेदन

हल्केपन का मूल है भारीपन
शांतता ही गुरु है बैचेनियत का!

अतः संत लगातार यात्राओं की ओर अग्रसर रहता है
मात्र साजो-सामान का हिस्सा बन कर नहीं
देखने के लिए बहुत से
लुभावने दृश्यों के यहाँ-वहाँ बिखरे रहने पर भी
वह अपने गृह में ही
शांतिपूर्वक निवास करता है
दस सहस्र रथों के मालिक को क्यों?
अपने वैभव की कौंध को
संसार के समक्ष प्रदर्शित करना चाहिए
स्वयं प्रकाशित होना ही मूलोच्छेदन है
स्वयं के ऊपर से आत्म नियंत्रण खो देना ही
ऊहापोह में पड़ जाना है!

छब्बीस

अन्तरात्मा के प्रकाश का अनुगमन

अच्छा पथ अपने पीछे
कोई लकीर नहीं छोड़ता
अच्छा भाषण अपने पीछे
संकलन की आवश्यकता नहीं छोड़ता
सही जोड़ घटाव गिनती के
पूर्जे नहीं तैयार करता
अच्छी तालाबंदी की उपस्थिति में
चिटखनी की जरूरत नहीं रह जाती
कोई भी उसे बिगाड़ नहीं सकता;
अच्छा बन्धन
रस्मी और गाँठ की जरूरत को ख़त्म कर देता है
और तब कोई भी व्यक्ति
इसे खोल नहीं सकता

अतः
संत हमेशा ही मनुष्यों का रक्षक होता है
और इसीलिए कोई भी त्याज्य नहीं है
वह हमेशा ही
उद्धारक वस्तुओं के प्रति उदार बना रहता है
और इसलिए कुछ भी बर्बाद नहीं हो पाता है
इसे "अन्तरात्मा के प्रकाश का अनुगमन करना" कहते हैं
बुरे व्यक्तियों के शिक्षक अच्छे व्यक्ति होते हैं

जबकि बुरे व्यक्ति अच्छे व्यक्तियों के
उत्तरदायित्व होते हैं
किसी शिक्षक का प्रतिवर्त्य मत करें;
किसी के उत्तरदायित्व की
वाहवाही मत करो
कोई कितना भी बुद्धिमान हो,
यह तो अनुचित पथ पर बने रहने की तरह है
यह ताओ का एक आवश्यक तत्व है।

सत्ताईस

पुरुषार्थ को जानो

पुरुषार्थ को जानो
स्त्रियत्व को बनाए रखो
संसार को बर्दाश्त करने योग्य बनो
विश्व को सह जाने के लिए
हर समय विवेक पथ की ओर बढ़ो
बिना इससे हटे हुए और
प्रारंभिक अवस्था की ओर लौटो

खेत को जानो
कालते की पहचान कर लो
और विश्व के रंग-ढंग में मिल जाओ
विश्व के संग एक रस होना
विवेक की ओर लगातार बढ़ते जाना ही है
एक भी अनुचित पग रखे बिना
और अनंतता की ओर
फिर से वापस लौट आना
चकमकाहट को जान लो
नम्रता को संग रखो
संसार के समक्ष झरने की तरह
प्रस्तुत होओ
संसार के संग झरने की तरह
प्रस्तुत होने के लिए

परित्यागिक विवेकी जीवन जीना है
और आदिम सरलता की ओर
फिर से लौटना ही है

जब आद्य सरलता आकारित होती है
वह उपयोगी पात्र बन जाता है
जो
संत के निकट भारवाही अनुष्ठान में
परिवर्तित हो उठता है
अतः
"एक महान् दर्जी ही ज़हीन कटिंग करता है।"

अट्ठाईस

विश्व एक पवित्र पात्र

कौन संसार को
उसी ढंग से ग्रहण करना चाहता है
जैसे वह चाहता है
और जो करना चाहता है
वही कर पाता है?

मुझे नहीं पता कि
किस भाँति वह सफल होगा

यह विश्व एक पवित्र पात्र है
जिसके साथ कपट न किया जाए
या जिसे जकड़ कर
रखने की कोशिश न की जाए
इसके साथ कपट करना
इसे बर्बाद कर देना है
और इसे जकड़ कर रखना
इसे खो देना है

वास्तव में हर चीज़ के लिए
उन्नति करने का एक समय होता है
अनुसरण करने का भी
एक समय होता है

एक समय होता है
धीरे-धीरे साँस भरने का और
एक समय तेजी से साँस लेने का
एक समय होता है
शक्तिवान बनने का, सामर्थ्यशील बनने का
एक समय उत्थान का और एक पतन का!

अतः संत सभी अत्यांतता को, अत्याधिकता को
और अनुपयोगिता को नज़रअंदाज़ करता है

एक समय होता है विचारणा का
और एक समय होता है, ठिठक कर सोचने का
एक समय होता है उन्नत बनने का
और एक समय पतन का भी
एक समय उन्नति का
और एक अवनति का।

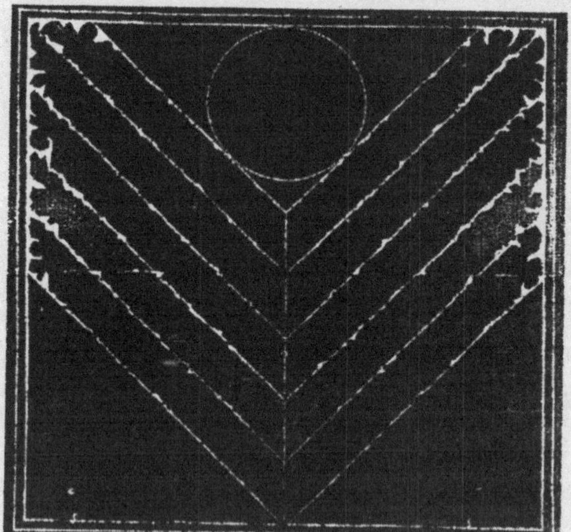

उनत्तीस

पतन की निशानी

जिसको पता है
जो राजा को ताओ की ओर पथ दिखाता है
वह विश्व को
अपनी मुट्ठी में
सैन्य बल पर नहीं करना चाहेगा!
यह मृदु हथियार का गुण होता है
कि वह
अपनी ही सफलता के विरुद्ध हो सकता है
जब सैन्य शिविर में स्थित
जंगली झाड़ियाँ उग आती हैं;
किसी लड़ाई के पश्चात्
अवसादपूर्ण समय सर्वदा आता है!
अपने
अपने राष्ट्र को सुरक्षित करो
लेकिन स्वयं के विवर्धन को लक्ष्य मत करो!

जब तुमने सफलता पा ही ली है
शौर्य गाथा का बखान मत करो
तुम अपनी क्षमताओं को
बढ़ा-चढ़ा कर मत कहो
स्वयं को अहंकारी मत बनाओ;
बल्कि तुम्हें स्वयं पर

尹喜

इसके लिए धिक्कार भेजना चाहिए
कि तुमने युद्ध रोका क्यों नहीं
तुम्हें दूसरों को बलपूर्वक
वश में करने की कोशिश नहीं करनी चाहिए!

बहुत अधिक उन्नति की ओर
बढ़ना पतन की निशानी है
और यह ताओ के विपरीत है
और जो ताओ के विपरीत है
उसका शीघ्रता से ह्रास होगा।

ताओ के अनुसार

ताओ के अनुसार
मनुष्यों के शासन का जो सहायक है
वह है जोर-जबरदस्ती द्वारा विजित होने का विरोध
क्योंकि जैसी करनी वैसी भरनी
जहाँ फॉल उपस्थित रहेगी वहीं बबूल और कंटक भी
अगर आप युद्ध के लिए घोड़ा कसते हैं तो
आपको उसके खुरों से उठते
धूल के गुबार को सहना होगा
अतः अच्छा होगा अपना लक्ष्य पूरा करके
वहीं बढ़ जाना
वह अपनी जीत को और नहीं भुनाता
वह अपने मन्तव्य को पूरा करता है और अपने
पर स्वयं ही नहीं इतराता फिरता
अपने उद्देश्य को सफल बनाकर अपने कर्मों को
अपने कार्य की सफलता का बेवजह घमंड नहीं करता
अपने उद्देश्य को इस तरह अंजाम देता है
मानो उसे नज़रअंदाज़ किया ही नहीं जा सकता
अपना कार्य वह बिना क्रूरता के पूरा करता है
जो समय जरूरत से ज्यादा जोश में भर उठने का है,
वह अवनति का भी है
और जो ताओ के विपरीत है, उसका नष्ट हो जाना
अवश्यंभावी है

इकत्तीस

अचूक हथियार

अचूक हथियार आखिरकार अशुभ संकेत है।
उच्च संस्कारवान् मनुष्यों का
शान्ति के समय बाईं ओर मौजूद होना सम्मान-सूचक है
लेकिन युद्ध के समय वह उलट जाता है
और दाहिना स्थान सम्मान का प्रतीक होता है
हथियार डाल देनेवाले भगौड़े,
जीतने पर भी हथियारों को प्रिय
वस्तु नहीं मानते
उन्हें प्यारा मानना यानी उनमें आनन्द महसूसना
और उनके प्रति आकर्षित होना यानी मनुष्यों को मारने काटने
पर आनन्दित होना
और जो मनुष्यों के मारकाट में आनन्द पाता हो
वह
उसे कभी नहीं पा सकता, जो स्वर्गिक है
एक कसाई व्यक्ति को जिस दुःख-शोक के साथ
स्वीकारा जाता है
ठीक वैसे ही शोक भरे कर्मकांड के साथ युद्ध-विजयी
को भी स्वीकारा जाता है।

बत्तीस

ताओ अमर है, लेकिन अनामित

ताओ अमर है, लेकिन अनामित
बिना तराशा हुआ पत्थर यदि अनदेखा भी रस जाए
वह फिर भी तुच्छ नहीं कहा जा सकता
यदि राजे-महाराजे इसे (ताओ को) अपना कर रहें
तो हजारों हजार द्वारा वे पूजित हों
स्वर्ग और धरती जाल रच डालें
मृदु ओस उठाने की खातिर (राज्य में स्वयं की शान्ति छा जाए)
बिना जोर-जबरदस्ती के मनुष्य तारतम्यित हो डोल उठें
एक बार अनतराशे टुकड़े तराश दिए जाएं
तो वह नामांकित हो उठता है
और जब वह नामांकित हो उठा
समझ लो कि थमक जाने का समय आ गया
थम जाने के समय को जान लेने से
खतरे को टाला जा सकता है
ताओवादी के करीब स्वर्ग स्वयं आकारित हो उठता है
जैसे कि नद और नदियाँ विशाल नदियों या
समुद्र की ओर बह निकलती हैं
दूसरों को समझ लेना ज्ञानी का काम है
स्वयं को समझना प्रदीप्त होना है

तैंतीस

स्वयं पर विजय

दूसरों को ताकत द्वारा जीता जा सकता है
लेकिन स्वयं पर विजय पाना असम्भव जैसा है
प्राप्य में सन्तुष्टि पाना धनवान की निशानी है
हिंसा द्वारा भी लक्ष्य प्राप्ति शायद सम्भव है

लेकिन जो अडिग है, वही सह सकता है
मृत्यु के कारण कोई खो नहीं जाता,
बल्कि वह है एक किस्म का दीर्घ अमर्त्यता।

चौंतीस

महान् ताओ

महान् ताओ मानो लहरों पर अनिश्चिततापूर्वक बहती
हुई नाव है
वह इधर भी जा सकता है, उधर भी
हजारों-हजार जीव-जन्तु इसके कारण ही अस्तित्व में हैं
और यह उन्हें नकारता नहीं है
हालाँकि इस (ताओ) ने ही उन्हें अस्तित्व में लाया है,
लेकिन यह उन पर मालिकत्व नहीं दिखाता
ताओ, जब कि हजारों वस्तुओं को
ढक लेता है
आवरणित करता है
स्वयं को उनका मालिक नहीं कहता
और उनसे कुछ भी अपेक्षा नहीं रखता
अतः इसे कहा जा सकता है
हजारों जीव इसके द्वारा अनुप्राणित हैं
हालाँकि वे नहीं जानते कि यही उनका मालिक है
इसीलिए तो यह महान् है
अतः संत के लिए "वह कभी भी अपनी महानता को
प्रदर्शित नहीं करता और इसी भाँति महान्त्व को पाता है"

पैंतीस

ताओ विरोधी का विनाश निश्चित!

शासकों को दिग्दर्शित करनेवाले ताओमार्गी
बाहुबल के जोर से
संसार पर हावी होने की कोशिश नहीं करते

यह सशस्त्रों का स्वभाव है कि
अपने संचालकों की ओर तन जाएँ
जहाँ कहीं भी सैनिकों ने पड़ाव डाला,
काँटेदार झाड़ियाँ उग आई

तुम्हारा लक्ष्य है
दक्षतापूर्वक अपनी सीमाओं को रक्षित करना
परंतु स्वयं के लिए
आत्म-श्लाघा का लक्ष्य मत रक्खो

जब लक्ष्य प्राप्त कर लिया
तो उसका दिखावा मत करो
योग्यता का घमंड न करो
अहंकार का प्रदर्शन मत करो

बल्कि तुम्हें युद्ध न रोक पाने के लिए
दुःखित होना चाहिए
तुम्हें दूसरों को बलात् जीतने का ख्वाब

नहीं देखना चाहिए

सीमाहीन होकर
उन्नत होने से पतन अवश्यंभावी है
और यह ताओ-विरुद्ध है
और ताओ-विरोधी का विनाश
निश्चित है।

छत्तीस

सिकुड़ने की कला

वह जो सिकुड़ना जानता है
प्रथमतः विस्तृत होना जानता है

वह जो आज अवनत है
पहले उन्नत था
वह जो आज औंधा है
शुरू में ऊँचा उठा था

कुछ भी पाने के पहले
देय भाव होना जरूरी है
इसे वस्तुओं के स्वभाव का
अवबोधन कहा जाता है

मछली जल की
गहराई नहीं त्याग सकती
और
राष्ट्र के हथियारों को
प्रदर्शित नहीं किया जा सकता !

अक्रियशीलता

ताओ अपने स्वाभाविक
अक्रियशीलता में विचरण करता है
और अब तक कुछ भी अनकिया नहीं छूटा है

अगर राजे-महराजे इस तथ्य को इसी प्रकार निभा सकें
तो हज़ारों चीज़ें अपने आप आकार ले लें
अगर वे कार्यशीलता की ओर उद्यत हों
तो आकारहीनता की ओर लौटेंगे
यह अनामित सादगी की
सदिच्छा की ओर आना कहा जाएगा

अनामित सादगी
सभी बाहरी इच्छाओं से मुक्त होती है
बिना इच्छा के शान्तता विस्तार पाती है

और
इस तरह सभी चीज़ें
अपने मूल स्वरूप की आर उन्मुख हो उठती हैं।

अड़तीस

अच्छाई भरा मुनष्य

एक सच्चा अच्छाई भरा मनुष्य
अपनी अच्छाईयों के प्रति सजग नहीं हुआ करता
और इसी को अच्छाई कहते हैं
एक ढोंगी व्यक्ति अच्छा बनने का प्रयत्न करता है
और इसे अच्छा नहीं माना जाता

एक सच का अच्छा व्यक्ति कुछ भी जान-बूझकर नहीं करता
और वैसा करने की उसे जरूरत भी नहीं पड़ती
फिर भी वह कुछ भी अनकिया नहीं छोड़ता
एक अज्ञानी व्यक्ति हमेशा जो कुछ करता है
उसे करने के पीछे कई कारण छिपे होते हैं

जब एक सच का दयालु व्यक्ति कुछ करता है
वह कुछ भी असंगत नहीं करता
लेकिन जब धार्मिक व्यक्ति कुछ करता है
वह किसी मतलबवश ही करता है
जब एक अनुशासन कर्ता कुछ करने का बीड़ा उठाता है
और उसे प्रतिदान नहीं मिलता
तो भी वह कार्यान्वयन करके ही दम लेता है

अतः यही वह बिन्दु है
जहाँ ताओ जज्ब होता है और अच्छाई अवतरित

जिस बिन्दु पर अच्छाई जाकर मिलती है
वहाँ दयालुता आकारित होता है
जहाँ दयालुता का छोर है,
वहीं से न्याय प्रकट होता है
जहाँ न्याय की डोर जा मिलती है
वहाँ परम्परा का अविर्भाव होता है

परम्परा ही विश्वास एवं वफादारी का मूल है
और
यही संदेह की जड़
भविष्यत् का ज्ञान ताओ के संदर्भ में
मात्र फूलों का शिकंजा है

अतः सच का महान् व्यक्ति
ठोस सत्य को स्वीकारता है,
ढुलमुलता को नकार देता है
वह मात्र फूल को नहीं
वरन् फल को ग्रहण करता है
यही वह बिन्दु है
जहाँ एक को परे हटाकर अन्य को वह स्वीकार करता है।

उन्तालीस

पूर्ण एवं शुद्ध

आकाश जो पूर्ण एवं शुध्द है
धरती जो पूर्ण एवं एकसम है
आत्मा जो पूर्ण एवं मजबूत है
घाटी जो पूर्ण एवं पूरित है
हज़ारों लाखों वस्तुएं पूर्ण और जीवन्त हैं
राजे महाराजे प्रतिष्ठित हैं और राष्ट्र उन्नत
ये सभी ईश्वर प्रदत्त सद्‌गुण के पूर्णत्व प्रतीक हैं।

आकाश की शुध्दता
उसे अवनत होने से बचाती है
पृथ्वी की सपाटता
उसे दरकरने से बचाती है
आत्मा का ताप
उसे स्खलित होने से बचाता है
घाटी की आर्दता
उसे सूखने से बचाती है
हजारों लाखों पदार्थों की बढ़त
उनके खात्मे को बचा ले जाती है
राजाओं-महाराजाओं का नेतृत्व
राष्ट्र की अवनति को रोक लेता है
अतः विनम्रता ही अच्छाईयों की जड़ है
मूल ही ऊँचाई का प्रथम बिन्दु है

राजे महाराजे स्वयं को
‘अनाथ’, ‘अकेला’ एवं ‘बेकार’ कहते नहीं ठिठकते
क्या यह विनम्रता का परिचायक नहीं है?

अत्यधिक सफलता फायदेमन्द नहीं है
जेड मणि की तरह मत चकमकाओ
बल्कि साधारण पत्थर की तरह अपरिष्कृत दीखो।

चालीस

ताओ की गति

वापसी ताओ की 'गति' है
समर्पित होना ताओ का रास्ता है
हज़ारों लाखों वस्तुएँ चैतन्यता से जनमती हैं
चैतन्यता अचेतन के द्वारा स्वरूप पाता है।

इकतालीस

ताओ को सुनना

बुद्धिमान विद्यार्थी ताओ को सुनता है
एवं
उद्यमतापूर्वक व्यवहार करता है
साधारण विद्यार्थी ताओ को सुनता है
और
बार-बार मनन करता है
मूर्ख विद्यार्थी ताओ को सुनता है
और
हंसी उड़ाता है

अगर उपहास न किया जाए
तो ताओ वह नहीं हो सकेगा, जो कि वह है

इसीलिए कहा गया है कि
पुण्य पथ मद्धम दीख पड़ता है
आगे बढ़ना वापसी की तरह है
आसान पथ कठिन लगता है
उच्चतम सद्‌गुण ढ़नढ़न प्रतीत होता है
अखंडित सदाचार कलंकित दीख पड़ता है
विशिष्टता का धन अपर्याप्त दीखता है
क्षमता का बल सुकुंवार दीख पड़ता है
सच्ची शक्ति पाखंड दीखती है

एक परिशुद्ध वर्ग में कोण नहीं चुभते
यह नैतिकता देर से परिपक्व होती है
कठिन पाठ मुश्किल से सुन पढ़ते हैं

महान् आकार की आकृति नहीं होती
ताओ गुप्त एवं अनामित है

केवल ताओ ही हर पदार्थ का पालनकर्ता
बनकर उसे पूर्णत्व प्रदान करता है।

बयालीस

आकार

ताओ के द्वारा एक आकार लेता है
एक के द्वारा दो
दो के द्वारा तीन बनता है
और तीन के द्वारा हज़ारों चीज़ें आकार लेतीं हैं।

सभी वस्तुएँ अदृश्यता को वहन करती हैं और
उजाले को आलिंगित
इन शक्तियों के योग के द्वारा
वे सामंजस्य को प्राप्त करतीं हैं
लोग 'अनाथ', 'अकेला' या 'बेकार' होना नापसंद करते हैं

लेकिन इन्हीं तथ्यों द्वारा
राजे-महाराजे स्वयं को परिभाषित किया करते हैं

कुछ तथ्य मिटा देने से बढ़त पाते हैं
और अन्य बढ़ते हुए मिट जाया करते हैं

सबों के द्वारा जो उपदेशित है
वही मै भी कहता हूँ
वह यही है : "एक हिंसक व्यक्ति हिंसायुक्त मौत मरता है"

- यही मेरे कथन का मूल है।

तितालीस

कोमलतम तत्व

विश्व का कोमलतम तत्व ही
संसार के कठोरतम तत्व पर
विजय पाने की क्षमता रखता है
जहाँ द्वार या दरार नहीं है
वहाँ वह बिना उपदान के प्रवेश किया करता है
अतः मैं अकार्यशीलता का मर्म जानता हूँ

बिना शब्दों के उपदेश एवं
बिना कर्म के कार्य करने के सिद्धान्त को
बहुत कम लोगों के द्वारा समझा जा सकता है।

चवालीस

काया या जीवन

काया या जीवन!
कौन अधिक महत्व रखता है?
आत्म या सम्पत्ति!
कौन अधिक मूल्यवान है?
लाभ या हानि!
कौन अधिक दुःखदायी है?

जो वस्तुओं से ज्यादा जुड़ाव महसूस करता है
वह अधिक कष्ट पाता है
जो संचित करता है, वह अधिक हानि झेलता है

एक संतोषी व्यक्ति कभी भी निराश नहीं होता

वह जो सही वक्त पर थमना जानता है
स्वयं को कभी मुश्किलों के बीच नहीं पाता

वह हमेशा सुरक्षित रहता है

पैंतालीस

महान उपलब्धियों का सच

महान् उपलब्धियाँ अधूरी दीखतीं हैं
वे अपनी इयत्ता में टिकतीं नहीं है

पूरी तरह परिपूर्णता भी खालीपन लिए रहता है
फिर भी निर्गमित नहीं किया जा सकता!

एकदम सीधाई भी मुड़ा-तुड़ा दीखता है

यह बुद्धिमत्ता भी मूर्खता में प्रतिबिम्बित होती है
अति वाक्पटुता भी बेढंगी प्रतिफलित होती है
सक्रिय क्रियाकलाप ठंड को जीत लेता है
निश्चलता गर्मी को सोख लेता है
विश्व में स्थित अचलता एवं शांतता पदार्थों का
नियमन किया करती है।

●●●